QUIDAM

Illustration de couverture : détail d'une œuvre de l'artiste peintre **Georges Coulomb** intitulée

« Mas dans un champ rouge ».

Avec la gracieuse autorisation de l'artiste, pour Dominique Bastiani et « exclusivement pour son roman QUIDAM. »

Collection *Le visible et l'invisible*

Écodition Éditions
18, rue De-Candolle, 1205 Genève, Suisse
ecodition@gmail.com – www.ecodition.net
(Diffusion sur Internet)
2015, nouvelle édition
© 2015, Le visible et l'invisible SARL. Tous droits réservés.
ISBN : 978-2-940540-09-9

DOMINIQUE BASTIANI

QUIDAM

La porte invisible

roman

Collection Le visible et l'invisible

ECODITION

DU MÊME AUTEUR

- *LA MARE D'UNE PROFANE,* Editions SCRIBA, 1989.

- *ÉQUINOXE,* Aurasica Editions Nombre 7. 2011.

- *SOLSTICE,* Aurasica Editions Nombre 7. 2014.

- *LE SECRET DES SALAMANDRES,* Ecodition Edition 2014

À Dody

5

I

Les nuages qui planaient à l'ouest de la ville se teintaient d'un gris ardoise sous la lumière hachurée d'un soleil ardent. Un air étouffant stagnait sur la ville. Les espaces verts s'étaient consumés et le bitume avait fondu par endroits sur les chaussées désertées par les passants. Une chaleur caniculaire terrassait la population du Sud de la France. L'attente de l'assaut orageux salvateur devenait vaine.

Derrière des persiennes closes, une longue chevelure auburn recouvrait un ours en peluche dont seul l'œil inexpressif semblait fixer obstinément le coin de la chambre. La jeune femme se retourna sur son lit et dans un geste d'exaspération soudain, envoya voler la peluche contre le mur blanc. Allongée en tenue légère, elle émergeait d'un sommeil difficile en parcourant du regard les objets familiers qui ornaient sa chambre. Ils la rassuraient comme le lien persistant d'une enfance perdue à laquelle elle s'accrochait malgré ses trente-cinq ans. Il était tôt dans l'après-midi, la chaleur insoutenable qui la clouait au lit lui imposait un repos forcé. La main tendue vers la table de chevet, elle chercha à agripper une bouteille d'eau minérale mais en la soulevant, elle se rappela de l'avoir vidée entre deux rêves. Avec lenteur, elle déploya son corps engourdi et d'un mouvement de tête mal assuré, renvoya ses cheveux en arrière. Les deux pieds posés sur le sol, elle s'étira en déroulant ses un mètre quatre-vingt, puis traversa l'appartement d'un pas chancelant. Elle était vêtue d'un slip et d'un débardeur en coton XXL qui laissait circuler l'air sur son corps moite.

Dans la cuisine, tout était soigneusement nettoyé et rien ne traînait dans l'évier. Elle saisit une bouteille d'eau fraîche dans le frigo et retourna vers sa chambre. Elle prit tout son temps pour avaler quelques gorgées au goulot puis jeta un coup d'œil au réveil. Il était quinze heures. Elle attendait le lendemain avec impatience. Une journée d'animation commerciale qu'elle s'apprêtait à effectuer et qui se déroulait dans une grande surface, une enseigne connue de la grande distribution. C'était la première fois qu'elle s'aventurait dans ce secteur d'activité. Cet essai allait lui permettre de réaliser un petit gain supplémentaire et elle devait faire ses preuves avant un éventuel contrat d'embauche. Faire la promotion d'une nouvelle marque de croquettes pour chats ne lui semblait pas très compliqué, les arguments avancés pour vanter les mérites de l'alimentation déshydratée étaient clairs et convaincants. Et, même si son opinion personnelle lui insufflait des réticences quant à ce procédé de nutrition, elle faisait en sorte que sa mauvaise conscience ne la tracasse pas outre mesure.

Depuis qu'elle avait perdu son emploi, son lien social s'était rompu. Ses rares amies étaient parties en vacances et il n'y avait pas d'homme dans sa vie pour partager ces moments intimes qui rendent parfois la vie si douce. Le seul qui occupait ses pensées - jusqu'à la nausée- était son voisin de palier qui la traquait du regard derrière son judas. Dès qu'il l'entendait entrer ou sortir, le septuagénaire lui manifestait un intérêt malsain, envahissant comme une fumée toxique. Elle feignait de l'ignorer et le fuyait avec mépris, autant que le lui permettait la position ambiguë et stratégique du vis-à-vis de leurs appartements respectifs. La nuit, de plus en plus souvent, la perception d'un frottement suspect en provenance de sa porte d'entrée la dérangeait. Un chuchotement incompréhensible accompagnait un bruit étrange et cet incident répétitif l'empêchait de dormir. Epuisée par des nuits sans sommeil que la canicule aggravait, elle flottait le reste du temps entre somnolence et lassitude. Le bruit qui résonnait dans son couloir évoquait un raclement d'ongles sur la paroi de sa porte. Elle feignait d'ignorer ce désagrément qu'elle attribuait au comportement maladif de son voisin. Son imagination nocturne avait pourtant donné naissance à une crainte insidieuse et des peurs irrationnelles malmenaient sa sensibilité frémissante. Les remparts de sa raison semblaient céder sous l'effet d'une menace invisible et maléfique. Ce mélange de coq et de serpent venimeux, qui avait inspiré les conteurs et les superstitions du Moyen Âge, avait peuplé son enfance fragilisée par ces monstres angoissants qui semblaient vouloir revenir l'étreindre.

La fin d'après-midi s'étirait dans l'air étouffant chargé d'orage. Elle sortit de chez elle et descendit le premier étage d'un bon pas à la rencontre de la fournaise qui régnait au dehors. Sous les géraniums en fleurs accrochés aux terrasses coquettes de l'immeuble, les containers à ordures débordaient de sacs poubelles. Elle s'arrêta un instant, envahie par une onde de dégoût devant le spectacle désolant des déchets accumulés. En faisant un écart pour ne pas respirer l'odeur qui se dégageait de l'endroit, elle releva la tête. Elle aperçut le regard de convoitise mal dissimulée de son voisin de palier qui l'observait du balcon. Se détournant de cette attention qui la persécutait, elle s'engagea dans la rue des Roitelets en direction du centre-ville.

Essoufflée par la chaleur accablante, elle ralentit bientôt son allure. Son débardeur moulant collait à sa peau moite et le galbe de ses reins donnait une certaine prestance à sa démarche souple, elle se sentait pourtant mal dans son corps et lasse de son attrait. Elle s'arrêta un moment pour écouter roucouler des pigeons réfugiés dans les trous d'un vieux mur, puis repris sa marche lente vers les rues commerçantes. Un homme qu'elle croisa sur le trottoir la détailla des pieds à la tête et elle se réfugia derrière des lunettes noires qu'elle laissa glisser sur son nez. Elle avait l'impression que les yeux de la ville l'épiaient et aurait aimé être transparente pour ne pas attirer l'attention. Trahie par son physique d'athlète, son allure lui conférait le profil d'une femme affranchie et sûre d'elle, exactement le contraire de ce qu'elle était : timide, solitaire et renfermée, à peine sortie de l'enfance. En marge d'un monde avec lequel elle ne s'était jamais sentie en affinité, son profil de mannequin l'handicapait plus qu'il ne la servait. Il lui donnait l'impression de lui voler son authenticité au profit d'une image stéréotypée, vide de sens. Toujours perdue, elle se sentait oubliée de sa propre vie, à l'intérieur d'un corps physique. En dépit ce corps de statue grecque qui aurait pu participer aux championnats d'athlétisme, sa conscience frémissait à la moindre injustice comme pour revendiquer un intérêt humaniste. Elle pensait parfois que ces alternatives ; être athlète ou mannequin, lui auraient permis de se jouer de l'existence tout en se réfugiant derrière le masque figé des apparences ou le confort des endorphines... Mais le destin l'avait placée devant la dure réalité de tout le monde, avec le devoir de survivre au quotidien en s'immergeant dans une société en crise où les valeurs qui lui tenaient à cœur étaient inexistantes.

La chaleur faisait remonter les odeurs âcres des rues passantes du centre-ville. Elle entra chez un réparateur d'électroménager qui lui précisa que l'aspirateur qu'elle venait chercher n'était toujours pas réparé. Il lui fallait revenir la semaine suivante. Contrariée, l'envie de se révolter agita sa pensée mais elle n'osa rien dire et ressortit du magasin, résignée. Une pâtisserie traditionnelle à la devanture attrayante attira son attention et elle resta un moment à rêver devant la vitrine... Ce qui l'amena à penser, par association d'idées, à sa tante Margot qui raffolait des calissons d'Aix-en-Provence. Il y avait une éternité qu'elle lui avait rendue visite et l'idée séduisante d'aller faire un petit séjour à la campagne allégea soudain son sentiment de solitude. Elle entra et demanda une boite de calissons à la vendeuse en lui précisant de l'envelopper d'un papier cadeau, avec un ruban mauve.

De retour à son domicile, elle se glissa dans la cage d'escalier en pressant le pas, les clefs en main et prête à s'engouffrer dans son appartement. Arrivée aux dernières marches, juste avant le palier du premier étage, sa vision périphérique capta dans l'entrebâillement de sa porte, la silhouette du voisin qui l'attendait. Elle croisa ses yeux jaunes une fraction de seconde et se précipita chez elle. L'homme avait le teint terreux et le visage fatigué. Etonnée d'avoir peur de ce personnage maladif qui l'obsédait, elle se raccrocha à un constat évident ; elle était physiquement plus forte que lui. C'était le regard de cet homme qui la troublait le plus, l'étincelle sournoise et intime qui s'en dégageait s'insinuait en elle semblable à la menace invisible d'un démon de fiction ; un léger strabisme convergent de son œil droit semblait faire palpiter sa pupille. L'omniprésence de cet homme commençait à la hanter. Elle le fuyait afin d'éviter que ses yeux vibrants ne l'effleurent même de loin, car elle sentait peser sur elle un désir visqueux qui l'enrobait comme un insecte piégé dans la toile d'une araignée. S'y débattre revenait à attirer davantage le reflet du prédateur sur sa sensibilité d'enfant apeurée.

Passer l'été ainsi à essayer de se soustraire à cette terreur était désormais au-dessus de ses forces. Quand elle raccrocha le téléphone, un sentiment de soulagement l'envahit ; sa tante Margot était prête à l'accueillir en Drôme Provençale. Dans huit jours, elle partirait discrètement à l'aube et disparaîtrait un certain temps. L'air frais, la campagne enivrante et le calme l'aideraient à surmonter sa fatigue et à se faire oublier.

Ce soir-là, son intention était de se coucher tôt pour arriver en forme le lendemain à son premier samedi d'essai en tant qu'animatrice commerciale. C'était une journée importante pour elle, une innovation. Elle prépara ses vêtements qu'elle posa délicatement sur le fauteuil voltaire du salon et chercha une paire de chaussures assorties à sa robe.

Une appréhension mêlée de joie et d'excitation l'empêcha de s'endormir. Vers minuit, transpirant, elle alla se rincer à l'eau froide sous la douche et retourna s'allonger sur le lit encore mouillée.

La chaleur emmagasinée par les murs des habitations ressortait dans la relative fraîcheur nocturne créant une étuve dans les logements modernes mal isolés. La région n'avait jamais connu un été aussi chaud, le plan canicule avait été déclenché et la France entière souffrait de ce dérèglement climatique.

En essayant de s'endormir, la perception du bruit particulier vint la tirer de sa léthargie, elle tendit l'oreille : le frottement caractéristique sur sa porte avait reprit avec plus d'intensité et le murmure qui l'accompagnait s'était amplifié. Elle se leva sans bruit et se dirigea à pas de loup vers la porte d'entrée de son appartement... Le grincement des ongles sur la paroi faisait penser au bruit des griffes d'un petit animal qui cherche à se frayer un passage. Le courage lui manqua, elle fit pourtant un effort pour tenter de déchiffrer le sens inaudible du murmure. Comme un ronronnement les mêmes mots étaient répétés inlassablement. Puis elle entendit: « *Laisse-moi entrer chez toi... Je veux rentrer chez toi* ».

Inondée d'effroi, elle se réfugia dans sa chambre et se cacha toute entière sous son drap de lit.

Elle ne s'était endormie qu'aux premières lueurs du jour, juste avant que la sonnerie de son réveil ne retentisse.

*

L'immense hall du centre commercial était presque désert en cette heure matinale. Le responsable du bureau d'accueil détailla la grande jeune femme des pieds à la tête d'un air satisfait avant de l'accompagner à l'angle du carrefour de deux grandes allées bordées de rayonnages ; au pied d'une pyramide de boites de croquettes pour chats. De l'autre côté, derrière des barrières abaissées, les premiers clients déjà nombreux attendaient que le « feu passe au vert », les mains posées sur leur caddie et prêts au départ pour la course à la consommation.

En attendant que la ruée des clients ne déferle dans les allées, elle se remémorait en boucle le pourcentage d'éléments secs nutritifs des croquettes en comparaison de ceux des boites pour chats classiques qui contenaient plus d'eau que d'éléments nourrissants, d'où la supériorité incontestable de son produit.

Quand la foule des impatients inonda le grand magasin, Hélène réalisa rapidement que si d'habitude on la remarquait facilement, ce jour-là personne n'avait l'air de la voir. Il lui fallait interpeller les gens pour tenter de les convaincre du bien-fondé de ses arguments de vente, un défi devant lequel elle se sentait fébrile. La nuit blanche qu'elle venait de passer n'encourageait en rien son audace. Sa première tentative matinale à titre d'essai, fut d'aborder un jeune homme affairé qui passait sans cesse devant elle. Vêtu d'un bermuda vert, il avait un rouleau de papier cadeau coincé sous le bras et on pouvait deviner à son attitude stressée qu'il cherchait quelque chose. Le regard dédaigneux du jeune homme ne fut pas engageant ; il poursuivit sa course effrénée avec une agitation étonnante, comme à l'affût d'un lièvre à lever.

Au cours de la matinée, quelques femmes prudentes s'approchèrent, positionnées de biais afin de pouvoir pivoter dans un mouvement d'esquive avant qu'elle n'ait eu le temps d'ouvrir la bouche. Elle parvint bientôt à prédire à l'avance la conclusion de ses tentatives de contact en les regardant simplement marcher.

L'heure de pointe vertigineuse arriva, brassant la marée humaine comme une horde de chevaux désorientés. Les attelages de caddies s'entrechoquaient provoquant ripostes, regards d'exaspération et gros mots. Le spectacle édifiant lui fit presque oublier la tâche qu'elle était censée remplir. Une femme brune vint s'atteler au stand des croquettes pour chats et n'en décrocha plus, elle cherchait à créer du lien en expliquant l'art des nœuds coréens. Un besoin de parler compulsif entraîna cette brune dans un monologue sans fin qui passa en revue toutes ses misères existentielles ; dramaturgie d'une complexité inextricable à l'image des *maedups,* ces nœuds ornementaux coréens qui représentent les relations humaines qui se font et se défont. Rien de bien engageant pour aider à dynamiser une mission commerciale.

Le bilan de la mi-journée s'avéra insatisfaisant. Entre les personnes qui se sentaient agressées dès qu'elle leur adressait la parole, celles qui répondaient systématiquement : « *j'ai pas le temps, j'ai pas le temps...* » en fuyant comme devant une menace d'attentat, et celles qui n'avaient pas de chat... Et à qui elle ne pouvait même pas en vouloir !... Le résultat s'était avéré navrant.

Le responsable du magasin était venu stimuler les ventes, histoire de mettre un peu plus la pression, car le stock de boîtes de croquettes n'avait pas diminué d'un iota. Il fit une démonstration de son savoir-faire, ce qui eut pour conséquence une vente record en cinq minutes : il aurait vendu un feu d'artifice allumé ! Il était doué, elle en convenait, mais sa fatigue s'était transformée en découragement. Sans salive, la tête enserrée dans un brouhaha confus, les yeux fatigués par l'éclairage des néons, elle n'attendait que le moment d'échapper à cet enfer artificiel pour retrouver l'air libre.

L'après-midi fut infernal : les regards d'hostilité l'égratignaient de tous côtés dès qu'elle s'adressait aux gens et elle n'avait pas l'assurance innée du « bulldozer » commercial qui lui avait fait sa démonstration remarquable. Seules quelques rares mamies avaient pris le temps de l'écouter et s'étaient décidées gentiment à essayer le produit, avec une pointe de méfiance comme si elles regrettaient de ne pouvoir y goûter.

En fin de journée, gagnée par la lassitude, elle s'était assise sur une chaise, le temps de remettre en question la pertinence de ce choix d'activité. Son attention fut attirée par le même jeune homme au bermuda vert avec son rouleau de papier cadeau sous le bras. Il continuait d'arpenter le grand magasin dans toutes les directions avec la même vigueur dynamique. Depuis l'ouverture, le matin même de cette journée particulière, il n'avait cessé de parcourir inlassablement le site commercial, l'air revêche, à l'affût de quelque chose d'apparemment introuvable. Intriguée, une pensée l'effleura: « Il n'a pas su retrouver la sortie ! ». Contemplant le comportement aberrant de l'individu, elle en conclut « C'est encore un malade ! »

*

La cafetière électrique crachota et le septuagénaire appuya sur le clapet rouge pour éteindre l'appareil ; il sortit un morceau de sucre du placard et d'une main tremblante saisit une petite cuillère dans un tiroir. Un bol vide attendait sur une table en formica à côté d'une bouteille de lait entamée. Son repas du soir se résumait à boire un bol de café au lait, installé sur le balcon dans un fauteuil de toile qu'il avait positionné de manière à avoir une vue sur la rue des Roitelets. D'habitude, il pouvait observer les va-et-vient des occupants de l'immeuble, mais ils étaient rares en cette période de congés. Elle, il l'attendait avec un intérêt viscéral, le seul qui le tenait encore en vie. Depuis sa maladie il ne sortait plus, ses forces physiques l'avaient abandonnées et il ne lui restait que sa pensée fertile assujettie à une imagination débordante qui lui procurait une excitation cérébrale vitale. Le dos voûté, le cou décharné tendu vers l'avant, il étira son crâne dégarni pour regarder jusqu'au bout de la rue comme l'aurait fait la tête chercheuse d'un périscope de sous-marin. Ses yeux jaunes scrutaient l'horizon à l'affût de l'apparition de sa muse qui, malgré l'heure tardive, n'était toujours pas rentrée.

Elle, désarçonnée par cette journée stérile qui l'avait épuisée, ruminait l'insatisfaction de l'employeur et son insistance blessante à la convaincre de changer de métier. Elle prenait conscience de son incompétence. Désorientée par les réactions atypiques des gens et leur agressivité, elle était de nouveau perplexe sur le sens du rôle qu'elle avait à jouer dans la vie. Le jeune homme au bermuda vert, avec le rouleau de papier cadeau sous le bras, s'était avéré être un agent de la sécurité : un agent banalisé. Elle avait cru bon de devoir signaler le comportement suspect de cet homme avant de partir. Elle ne se serait pas sentie aussi ridicule si elle avait été plus en forme.

Il était vingt heures trente quand sa voiture se rangea sur le parking de l'immeuble. La tête encore bourdonnante de trop d'agitation, elle ne rêvait que d'une douche froide et de se mettre au lit.

Une fois sur le palier, elle ne s'attarda même pas sur le visage émacié de la silhouette fantomatique qui était postée dans l'entrebâillement de la porte de l'appartement d'en face, elle entra rapidement chez elle.

Vers une heure du matin, réveillée en sursaut, elle tendit l'oreille ; un silence étrange et vibrant semblait habiter la chambre.

Allait-elle encore passer sa nuit à attendre un assaut qu'elle pressentait, qu'elle redoutait mais qui ne venait toujours pas ? Ce soir-là, quelques secondes seulement avant que le bruit ne résonne, la perception d'une présence toute proche l'avait sortie du sommeil et bientôt l'écho du frottement des ongles sur la porte commença. La gorge serrée, elle était allée épier le monologue nocturne du voisin de palier. L'homme répétait d'une voix éraillée des mots précis avec une assurance et une volonté décuplées : « *je vais rentrer chez toi... Je vais rentrer chez toi...* ».

Un mélange de panique et de colère déferla en elle. Saisie par une angoisse démesurée elle bondit se réfugier sur son lit. Sa porte d'entrée était fermée à clef et deux verrous de sureté assuraient l'inviolabilité de sa demeure, mais la peur la tenaillait. Elle ressentait une vibration nocive l'envelopper avec la perception confuse que cet homme passait à travers la paroi et pénétrait chez elle en dépit de tous les obstacles matériels. Puisant dans sa pensée éprouvée, elle réussit à trouver les ressources logiques et rationnelles pour se convaincre qu'il ne pouvait pas entrer. Car c'était tout simplement impossible.

Pourtant jusqu'à l'aube, une oppression suffocante écrasa sa poitrine. Son cerveau restait vigilant malgré les vagues d'un tourbillon nocif qui irradiaient son corps. Le son corrosif sur le bois vernis de la porte d'entrée avait ensorcelé son esprit et elle ne discernait plus l'illusion de la réalité. Le bruit discret prenait parfois l'ampleur de coups de boutoir qui ébranlaient son cerveau où des visions diaboliques s'entrechoquaient. Tantôt la raison l'emportait et elle reprenait de la vigueur et du courage, mais c'est la panique qui la gagnait le plus souvent, elle sentait alors la folie rôder dans son âme.

À la première lueur du jour, elle prit conscience que sa pauvre autorité était devenue trop fragile : il lui fallait fuir tout de suite.

Il était cinq heures du matin quand elle jeta en toute hâte quelques effets personnels dans un sac de voyage. Le palier était désert. Elle sortit de l'immeuble dans l'air tiède et collant.

Avant de prendre le volant de sa voiture, elle vérifia les balcons d'un regard attentif : les volets électriques de son logement étaient clos, hermétiques, et personne ne pouvait pénétrer chez elle pendant son absence. La baie vitrée de l'appartement de son voisin de palier était grand ouverte avec une vue plongeante sur les poubelles entassées sur le trottoir.

Elle quitta la ville encore endormie en direction du nord pour rejoindre la route départementale.

II

L'absence de trafic sur la route agrémenta sa fuite d'un sentiment passager de joie libératrice. Elle essaya de se détendre en admirant le paysage serein qui s'étendait sur les reliefs naturels. Les premiers champs de lavande de *l'enclave des Papes*[1] semblaient la réconforter comme pour l'aider à effacer les mauvais moments qu'elle venait de vivre. Pourtant, une sensation de présence invisible la poursuivait insidieusement et l'oppressait toujours. Elle se surprit à lancer un coup

---

[1] L'enclave des Papes est composée de quatre villages : *Grillon, Richerenches, Valréas* et *Visan*. Ces communes avaient une histoire géopolitique complexe à cause de l'arrivée des Papes en Avignon au début du XIVème siècle. Terre d'enjeux politiques et économiques, les Papes avaient convoité ces terres qu'ils achetèrent en 1317 ; Valréas fut vendue au Pape Jean XXII par le Prince d'Orange et trois ans plus tard, les hospitaliers de Saint-Jean de Jérusalem lui donnèrent la Commanderie de Richerenches, obtenue après la suppression de l'ordre du Temple. Le Saint-Siège allait s'attacher par la suite à agrandir ce nouveau territoire pontifical pour le souder au reste du Comtat Venaissin.

d'œil dans le rétroviseur pour s'assurer qu'il n'y avait personne sur le siège arrière. Une crainte effleura sa conscience ; la peur de son propre délire, de sa vulnérabilité et de ses perceptions confuses, car un frémissement constant et répulsif tourmentait sa chair.

En traversant les étendues d'arbres fruitiers et les enclos de chênes truffiers, elle eut la conviction que sa tante Margot pourrait la soulager de ce malaise persistant, exorciser le brouillard malsain qu'elle fuyait et qui la rattrapait sans cesse. Margot était la seule personne de sa famille qu'il lui restait, et la présence bienveillante de sa tante était essentielle. Elle lui avait toujours procuré la sécurité dont elle avait manqué dans son enfance. Une enfance dont elle n'arrivait pas à sortir.

Le village de Richerenches respirait la sérénité du monde rural. Son passé chargé d'histoire incitait à un respect silencieux. Hélène ralentit en passant devant le beffroi de la Commanderie des Templiers, comme pour un hommage discret aux Chevaliers disparus dont les légendes faisaient encore vibrer de nos jours les chasseurs de trésors. Le village était une Cité templière qui datait de 1136, avant la présence des Papes en Avignon. Il abritait le plus grand haras de France et fournissait les chevaux pour les croisades. Le *Seigneur Hugues de Bourbouton* avait fait don de certaines de ses terres pour y ériger la Commanderie des Templiers dont il était devenu le commandeur en 1145.

Après avoir traversé Richerenches, on empruntait une petite route qui courait dans la nature pour bifurquer à travers la campagne vers le village de Colonzelle. La voiture n'alla pas jusqu'au hameau médiéval ; un pont romain minuscule enjambait le *Rieussec*. Ce cours d'eau traversait la propriété forestière de la tante Margot et séparait les deux départements de la Drôme et du Vaucluse. Telle une trace sinueuse que la nature avait creusée dans la terre fertile, le ruisseau présentait par endroit des vasques qui retenaient l'eau dans des bassins naturels.

Les écrevisses d'antan avaient disparu mais sa pureté semblait toujours intacte et inaltérée.

Le souvenir éblouissant d'un moment magique de son enfance ressurgit soudain du tréfonds de sa mémoire : allongée dans l'herbe après une baignade au hasard des trous d'eau, des dizaines de libellules étaient venues se poser sur sa peau, telles des elfes amicales. Nostalgique de la douce simplicité de ces moments, elle engagea sa voiture sur un chemin jusqu'à deux bornes en pierres décolorées par les lichens. Une voie bordée de buissons de buis l'amena sur une esplanade aérée où des pins parasols s'élançaient vers l'azur. Elle était arrivée à destination et c'est à l'abri du feuillage d'un tilleul centenaire qu'elle gara sa voiture. Des grands arbres dominaient les toitures de plusieurs constructions en pierre sèches situées en contrebas. Un escalier de pierre désagencées descendait vers un jardin sauvage au milieu d'un vallon verdoyant ; écrin naturel où la flore recélait des trésors vivants d'essences les plus variées. Le dernier coin de paradis sur terre où elle pourrait retrouver une tranquillité et un ressourcement total. Au cœur des bruissements de la nature, les bâtisses de pierre abritaient le logis de la tante Margot.

Il était encore tôt. D'après les habitudes de la tante, celle-ci devait se trouver près du sol à arroser ses parcelles ou à cueillir ses récoltes. Un épouvantail veillait sur le jardin potager. Tout près de lui, la veille femme courbée ramassait des haricots verts, et à la regarder faire, on voyait que son âge n'avait en rien altéré son ardeur à la tâche. Surprise, la tante Margot se releva en voyant surgir sa nièce :

— Hélène ? Ma grande fille ! Je ne t'attendais que la semaine prochaine... Tu en fais une tête !... On dirait que tu n'as pas dormi depuis huit jours ! Tiens ! Aide-moi à porter mon panier, on va rentrer. Il fait déjà chaud. Attends... Puisque tu es là, je prends quelques tomates de plus et des cébettes pour midi.

Les deux femmes s'étaient engagées dans la pénombre irisée de fraîcheur qu'offrait l'intérieur du logis. Une odeur, mélange de feu de bois et d'encaustique, dégageait un parfum familier. En levant les yeux avec un regard brillant d'interrogations, les deux mains sur ses hanches, Tante Margot se posta devant sa nièce.

— Raconte. Que t'est-il arrivé ?

Les larmes montèrent aux yeux d'Hélène, la sollicitude que manifestait la vieille femme lorsqu'elle s'épanchait sur les misères de sa vie la touchait toujours. Tante Margot prit alors une voix douce et inclina la tête comme pour l'aider à se confier.

— Tu as un chagrin d'amour ?...

*

Le récit du harcèlement qu'Hélène subissait s'exprima de manière désordonnée et avec l'ardeur d'une débâcle émotionnelle trop longtemps contenue. Elle fit part de ce sentiment incongru qui la confortait dans le doute le plus absurde ; qu'un gnome pouvait franchir les obstacles matériels et pénétrer chez elle en dépit de tout. Parler de cette sensation irréaliste qui la hantait la soulagea de la monstruosité de ses perceptions hallucinantes.

Tante Margot l'écouta, silencieuse, concentrée et respectueuse. Avec le regard doux que l'expérience avait rendu sage, elle attendit le silence et le long souffle profond qui marqua la fin du récit de cette grande fille apeurée.

— Mon frère... Qui était ton père... M'avait confié son inquiétude avant de mourir. Il m'avait demandé de veiller sur toi, ce que j'ai toujours essayé de faire... Il te sentait fragile. C'était il y a longtemps, tu étais si jeune...

Il avait pourtant raison. Ta sensibilité est aussi grande que toi : on ne se l'imagine pas en te voyant !... Et puis, ne pas dormir ne peut pas arranger les choses ! On devient vite paranoïaque quand on manque de sommeil ! Mange une tartine. Ici tu vas pouvoir te reposer et tout ira mieux, n'hésite pas à me confier tes craintes si tu as encore besoin de parler de ce bougre qui te fait peur. Il ne faut pas garder ce genre de chose en soi. Ta mère est partie trop tôt, je sais qu'elle t'a beaucoup manqué... As-tu un nouvel amoureux ?

Hélène resta silencieuse et fit un signe de négation avec la tête.

— Pourtant, ça te rassurerait.

— Oui... Mais j'en aimerais un... normal, dit-elle penaude comme si elle évoquait un désir inaccessible.

— Ça n'existe pas ! Attendre l'homme idéal est une utopie et le temps passe vite ma fille ! Il arrive un jour où il n'y a plus de choix possible, il ne reste plus que les hommes mariés et les alcooliques...

Hélène, abattue, laissa errer ses pensées ; des mots dansaient dans sa tête : incompétente, paranoïaque et fragile... Son regard se tourna vers la fenêtre comme pour chercher à s'échapper. Deux écureuils grignotaient contre les vitres à petits carreaux. Un miaulement attira son attention et elle posa les yeux à ses pieds ; un chat tigré au pelage mité la regardait avec insistance.

— Depuis quand as-tu un chat ? demanda-t-elle alors.

— Depuis qu'il est sorti du bois et qu'il s'est installé ici, répondit la tante.

Hélène s'approcha de l'animal qui se laissa saisir sans rechigner et elle le prit dans ses bras pour le caresser.

— Comment s'appelle-t-il ?

— Il n'a pas de nom.

Le chat n'avait pas l'air sauvage ; Hélène comprit qu'il avait trouvé sa place dans la maison ; il dormait sur un coussin en satin dans un fauteuil du salon et son attitude langoureuse témoignait de son confort de vie. Il ressemblait à un chat de gouttière de ville qui, comme elle, avait débarqué à la campagne sans savoir pourquoi. Il semblait y avoir trouvé son bonheur. C'est alors qu'un souvenir heureux resurgit et elle demanda :

— Qu'est devenue la ferme des Parisiens ?

— Ils sont trop âgés pour revenir y passer l'été, répondit Margot. Leur petit-fils est là en ce moment, avec sa petite famille… Nous irons les saluer dimanche matin si tu as envie, ça te distraira.

Réjouie par cette perspective, Hélène sortit spontanément de sa mélancolie. Le souvenir des traditions d'antan refit surface et elle demanda encore à sa tante :

— Tu ne vas plus à la messe le dimanche matin ?

— Non, il y a bien longtemps déjà…

— Même plus à la *messe des truffes*[2] en janvier à Richerenches ?

— Non. Avant, je croyais en l'Eglise, maintenant je crois en Dieu… On s'imagine mal combien l'impact de choses insignifiantes peut avoir de répercussions sur un destin.

Hélène ne voyait pas très bien en quoi consistait la différence entre l'église et Dieu et elle pensa au symbole du nœud coréen. Tante Margot en avait peut-être un dans la tête, elle aussi.

— Depuis que l'ancien curé m'a fait une réputation de sorcière à cause des plantes médicinales que je cultivais pour faire ce baume exceptionnel à base de cire d'abeilles, j'ai tourné le dos à la religion… Même les moines du *Barroux*[3] sont venus jusqu'ici pour essayer de me soudoyer la recette que je n'ai jamais voulu leur donner. Le curé lui, il m'a accusée d'utiliser les plantes du diable parce que je ramassais de l'armoise au bord des fossés. Il luttait contre le paganisme comme au Moyen Âge. Un vieux fou… D'ailleurs, il a disparu du jour au lendemain et personne ne sait ce qu'il est devenu. Il paraît qu'on l'a déplacé à l'asile. Dans l'ancien temps, les

---

[2] Messe des truffes : grande messe pour célébrer Saint-Antoine, patron des trufficulteurs.
[3] Le Barroux : monastère bénédictin demeuré attaché à la liturgie traditionnelle latine (Vaucluse).

femmes enceintes se servaient de l'armoise pour avorter. Il n'y avait pas de contraception à cette époque ! Il faut comprendre qu'à partir de la septième grossesse, ça pouvait devenir un souci de taille pour une femme de voir arriver un nouvel enfant. Moi, euh... Bon, j'en rajoutais juste un soupçon dans ma préparation, ça agissait favorablement sur la circulation du sang. À cause de l'armoise, ma vie a pris une tournure troublante et inattendue. Il a fallu que je bataille pour me défendre contre des infamies. Je te raconterai peut-être un jour... Alors tu sais ! Ton voisin !... À moi, il ne me fait pas peur ! Je suis capable d'aller le faire mettre au garde à vous et l'empêcher de te faire des misères. J'ai fais mes preuves !...

Le côté « à la hussarde » de sa tante l'avait toujours impressionnée. L'hiver, la vieille femme parcourait encore la forêt, appliquant sa tactique personnelle pour pouvoir frôler les hordes de sangliers sans être inquiétée. Les vingt hectares de bois qui entouraient la propriété étaient sauvages, isolés de tout et à la merci de n'importe quoi. La seule ferme voisine se trouvait à un kilomètre et n'était habitée que pendant l'été par les Parisiens qui maintenant n'y venaient plus. Lionel, leur petit-fils, resurgit de la mémoire d'Hélène. Le souvenir de leurs baignades folles dans le *Rieussec*, de leurs balades en pleine nature en quête des *Hoplies*, ces petits hannetons de couleur bleu ciel métallisé, ranima en elle un sentiment de bonheur. Elle eut envie de le revoir, peut-être pour évoquer à deux ces souvenirs d'enfance et aiguiser la nostalgie d'un paradis perdu... Si la tante n'allait plus à la messe le dimanche matin, c'était tant mieux ! Elles iraient ensemble rendre visite à Lionel, le petit-fils des Parisiens.

— Ce soir, je te ferai une tisane de ma préparation et tu iras te coucher tôt pour récupérer ton manque de sommeil. Je suis sûre que dès demain tu te sentiras beaucoup mieux.

À la tombée du jour, assise sur un muret de pierre devant le logis, Hélène regardait le vallon se parer de son vêtement de nuit, cette métamorphose que la lumière crée en s'échappant lentement ; le ciel s'enflamme de pourpre et les ombres végétales changent les reliefs de la terre. Des insectes s'endorment, d'autres s'éveillent. Sa pensée rejoignit Lionel au temps de l'innocence à la recherche des vers luisants dans les rangées de haricots. Bientôt elle allait le revoir, ce compagnon des audaces les plus folles, des ruses d'attrapeurs de scarabées bleus et des courses effrénées dans les champs d'herbes sèches. Un réel bonheur se profila comme une onde et l'exaltation secrète des timides l'envahit.

La structure de la cheminée monumentale de la salle à manger s'effritait. Attenante, la porte de la cave était entrouverte. Le bruit d'un remue-ménage de bocaux qui s'entrechoquent attira l'attention d'Hélène. Elle s'approcha du bas fronton en pierres noircies par le temps, se courba pour franchir le seuil et descendit prudemment les marches abruptes. La tante Margot fouillait entre ses conserves rangées sur des étagères en bois, des bouquets de plantes sèches pendaient tête en bas, suspendus à des clous plantés dans les murs. Le plafond voûté était bâti de pierres sèches et il y faisait presque froid. Margot avait toujours les mêmes gestes et les mêmes silences qu'au temps passé ; Hélène éprouva comme autrefois le sentiment incomparable d'être à l'abri de tout désaccord, de tout mal. Elle resta pourtant courbée avec la tête dans les épaules.

— Pourquoi elle est si basse ta cave ?

La tante leva le nez, surprise par cette question, et regarda sa nièce.

— Elle a toujours été comme ça ! C'est toi qui as trop grandi.

— On dirait qu'elle est enterrée…

Margot renifla et tout en continuant sa recherche de conserve, émit une vague réponse.

— Elle était semi-enterrée, il y a bien longtemps… Aujourd'hui elle est sous terre, dit-elle d'une voix indolente sans s'étendre. Il me restait un bocal de truffes. Je le cherche pour te faire une omelette : il faut que tu manges. Veux-tu bien appeler le chat qui est descendu, s'il te plait ? On risque de l'oublier ici.

Hélène tendit la main vers l'animal qui lui échappa et glissa avec agilité vers le fond de la cave. Elle le suivit en s'enfonçant un peu plus dans l'obscurité et essaya de l'appeler :

— Le chat !... Viens ici le chat ! On dirait qu'il s'en fout qu'on l'appelle ! Normal, il n'a pas de nom... Qu'est-ce qu'il attend assis devant cette porte ?

— Enlève-le de là ! répondit spontanément Margot. Il est pénible. Il faut lui trouver un nom et qu'il commence à obéir maintenant !

Hélène, qui n'avait jamais remarqué l'existence d'un passage en cet endroit si improbable s'étonna spontanément :

— Elle est belle, cette vieille porte chanfreinée ! Dommage qu'elle soit si abimée... Pourquoi elle se trouve dans ce fond de cave ? Qu'est-ce qu'il y a derrière ?

Margot montra un signe d'agacement en balançant sa tête latéralement comme si les questions de sa nièce étaient inappropriées au souci qui la tracassait.

— Tu veux que je te dise ! Ce chat m'exaspère. Depuis qu'il est arrivé ici, il me donne le tournis, il faut toujours qu'il aille là où il ne faut pas.

— Ça va où par-là, tante Margot?

— Par-là, Il ne faut pas y aller ! C'est dangereux. C'est l'accès à un ancien souterrain, il est effondré en partie et il continue de s'écrouler. Enlève-moi ce chat de là, s'il te plait !

Curieuse, Hélène observait le chat qui attendait posté devant la vieille porte.

— On dirait qu'il connait le chemin et qu'il y est déjà entré.

— Non… Mais il sent les mulots.

— Depuis quand existe ce souterrain ?

Margot resta silencieuse un moment comme pour peser la nécessité de s'engager plus avant dans des explications ; c'était une longue histoire qui chevauchait les siècles…

— Il existe depuis toujours. Il doit avoir mille ans finit-elle par dire après maintes hésitations, puis elle se décida enfin à étayer ses propos.

La tante Margot avait fait bâtir sa maisonnette sur les anciennes fondations d'une ferme fortifiée du XIIème siècle. Des ruines se trouvaient encore dispersées sur les terrains forestiers qu'elle avait acquis et on en retrouvait encore les traces enfouies dans la végétation. La cave et les murs maîtres d'une partie de la bâtisse étaient les seuls vestiges encore debout.

— J'avais découvert la cave par hasard avec l'entrée de ce souterrain rempli d'éboulements, dit-elle. Mais n'en parle à personne ! Avec les nouvelles normes en vigueur qu'on nous a pondues au sujet des habitations... Je risque d'avoir des problèmes si ça se sait. Je n'ai pas que des amis dans la région. Certains se feraient un plaisir de me causer des ennuis. Et puis, c'est peut-être l'ancienne demeure d'Hugues de Bourbouton avant qu'il ne devienne Commandeur.

Surprise, Hélène ouvrit de grands yeux étonnés.

— Le Seigneur Hugues de Bourbouton? Tu crois qu'il a habité là ? s'exclama-t-elle perplexe.

— C'est fort possible ! Mais ici nous ne sommes pas dans L'enclave des Papes, sauf si tu prends le pont de bois dans le jardin et que tu traverses le ruisseau. Ce qui ne m'empêche pas d'être aussi chez moi.

— Où crois-tu qu'il allait ce souterrain ?

— Il devait rejoindre la Commanderie des Templiers à Richerenches.

Une ferme fortifiée était souvent un logis seigneurial situé dans la basse-cour d'une place forte. Pourtant, certaines ruines devaient être antérieures à la Commanderie puisque c'était *Bourbouton* lui-même qui avait donné ses terres de Richerenches à l'Ordre du Temple pour sa construction. Le souterrain avait dû être construit à partir d'anciens vestiges enterrés, et par conséquent, invisibles.

— J'ai un gros problème ! Je ne trouve plus mon bocal de truffes. Je vais être obligée de faire une omelette aux girolles.

Hélène sortit de la cave avec le chat dans les bras et le posa sur la table du séjour. Il la regarda dans les yeux et se rapprocha d'elle comme pour chercher un contact plus étroit. Elle se laissa fasciner un instant par le regard vert translucide de l'animal :

— Alors quidam ! Comment tu t'appelles ?

Un miaulement aigu retentit comme une revendication ; le chat lui grimpa sur l'épaule et s'allongea sur sa nuque.

— Quidam ! C'est ça. Tante Margot ! Il s'appelle Quidam.

— Si tu veux ma fille…Viens manger.

III

Margot, qui avait déjà préparé la veille le repas pour le dimanche midi, plaça une bouteille de vin rosé au frais avant de partir. Elle s'était apprêtée comme pour aller en ville. Vêtue d'une jolie robe, elle avait sorti ses souliers tressés en lanières de cuir. Leur visite chez les Parisiens faisait office de sortie dominicale. Elle rejoignit la voiture, remonta nerveusement la lanière de son sac en bandoulière sur son épaule et, quand l'auto démarra, elle s'adressa à Hélène embarrassée :

— Je voulais te dire... On va leur dire bonjour mais on ne reste pas longtemps ! Tu sais comment ils sont les Parisiens ! Ils sont gentils mais ils ont tout vu, ils connaissent tout et ils savent tout. Ils se considèrent souvent comme supérieurs aux gens qui vivent dans les grandes villes de province, alors tu imagines ! Nous ici, on est des indigènes pour eux. Moi, au bout d'un moment ça me fatigue cette mentalité. Mais bon... Un mois par an, ça passe encore. Et puis Chantal, la femme de Lionel, elle parle trop. Elle est maligne, elle veut tout savoir et après elle critique. C'est-à-dire qu'elle n'aime pas la campagne, elle y vient pour que les enfants respirent le bon air et pour faire plaisir à son mari. C'est elle qui me l'a dit. Je l'invente pas ! Tu pourras retourner les voir par la suite si tu veux, car elle va t'inviter à coup sûr : elle s'ennuie. Mais fais attention à ce que tu racontes.

Tant de précautions de la part de tante Margot, n'était pas ordinaire : elle qui d'habitude se fichait de tout, se méfiait soudain des racontars de personnes qui vivaient dans la Capitale à plus de sept cents kilomètres de là. C'était plutôt surprenant, Hélène leva le nez, prit un air absorbé et garda le silence. De toute façon elle n'avait pas grand-chose à raconter.

Lionel accueillit les deux femmes avec une réserve polie. Il posa un regard insistant sur Hélène qui se sentit gênée. Il lui précisa qu'elle avait beaucoup changé et seul un rictus dans ses yeux rieurs fit retrouver à Hélène un vestige du souvenir de son ami d'enfance. Chantal, charmante et avenante, manifesta un intérêt spontané à l'égard de Margot et d'Hélène. Il était vrai qu'elle parlait beaucoup mais de là à se méfier, c'était un peu exagéré. Leurs enfants, deux garçons de huit et dix ans, ne sem-blaient pas être intéressés par les visiteuses et s'échappèrent rapidement de la terrasse ombragée. Une treille de vigne vierge recouvrait un espace frais qui don-nait sur un pré. Le corps de ferme rénové était magni-fique, imposant et reflétait l'opulence. L'apéritif fut servi dans des verres en cristal. Chantal se plaignit d'Antoine, le jardinier, qui refusait de venir couper l'herbe haute devant leur maison. Margot prit aussitôt la défense du pauvre homme en précisant qu'il était bien trop usé pour continuer à proposer ses services. Il ne venait même plus chez elle, sauf quand sa pompe à eau qui était branchée sur le ruisseau, déraillait.

Une heure passa dans la bonne humeur et la convivialité. Avant de partir, Chantal invita gentiment Hélène à revenir la voir et s'engagea à lui téléphoner pour convenir d'une sortie. Séduite par tant de sollicitations, Hélène se projeta avec enthousiasme vers cette nouvelle amitié qui égayait sa vie monotone.

Sur le chemin du retour, elle se rappela soudain qu'elle était contrainte de faire un aller-retour chez elle pour récupérer son courrier et son aspirateur chez le réparateur. Avec son départ précipité, elle avait complètement oublié qu'elle devait pointer son chômage.

Le vin blanc à l'alcool de pêche avait rendu Hélène euphorique. Après le copieux repas de tante Margot et le vin rosé glacé, elle était assommée. Elle était montée dans sa chambre pour faire une sieste qui avait duré tout l'après-midi et, le soir même, elle n'avait plus sommeil. Quand elle termina son roman, il était deux heures du matin. Elle alla ranger le livre dans son sac de voyage et remarqua le relief bombé qui en déformait la poche latérale. C'était la boîte de calissons d'Aix-en-Provence. Elle avait oublié de l'offrir en arrivant. Elle secoua le nœud du ruban mauve pour lui redonner son aspect souple et, avec une joie enfantine, elle eut soudain envie de descendre déposer le paquet sur la table de la salle à manger. Margot le trouverait en se levant avec un effet de surprise. Hélène arriva donc à pas de velours dans la fraîcheur du rez-de-chaussée. La nuit était tiède et paisible ; ça sentait le fenouil ; l'écran blafard de la pleine lune pénétrait dans la pièce aux travers des grilles en fer forgé qui protégeait le vitrage à petits carreaux. Elle déposa le paquet sur la table en chêne et remarqua que la porte de la cave était ouverte. Quidam, qui avait pris l'habitude de venir dormir sur son lit, était absent ce soir-là. Elle s'approcha alors des coulisses interdites en pensant que le chat avait dû s'y faufiler. En baissant la tête sous le fronton, elle se pencha vers l'obscurité et remarqua qu'une lueur de veilleuse éclairait le fond de la cave. « Tante Margot doit chercher le chat », pensa-t-elle en descendant les marches. Un bruit de voix étouffées ronronna. Se sentant en confiance, elle avança vers la lueur et remarqua soudain qu'elle provenait du souterrain dont la porte était entrouverte. La clarté d'une lumière et un son de voix lui parvinrent. Surprise, elle écouta et son étonnement fut encore plus grand en entendant une voix d'homme qui répondait à celle de Margot. Elle resta un moment hébétée sans oser bouger par peur d'être indiscrète. Elle entendit : « *vade rétro !* [4] »... Elle pensa soudain « Je l'espionne » et elle eut honte. Elle fit alors de-

---

[4] « Recule ! » en latin.

mi-tour et sortit de la cave pour retourner vers sa chambre, troublée par cette situation qu'elle ne comprenait pas et qui, de ce fait, tourmenta son sommeil.

Le lendemain, tante Margot ne fit aucun commentaire sur sa visite nocturne dans le souterrain et manifesta seulement sa joie en découvrant les friandises. Elle ouvrit le paquet en prenant soin de replier le papier d'emballage et de rouler soigneusement le ruban mauve pour aller ranger le tout dans un tiroir du buffet. Religieusement, elle déposa un calisson dans sa bouche en regardant le plafond et prit le temps d'en apprécier la saveur avec un plaisir manifeste. Hélène, amusée, la regardait faire. Pourtant une gêne la tourmentait ; elle avait peur de mettre sa tante mal à l'aise en lui confiant ce qu'elle avait surpris au cours de la nuit. Elle préféra se taire : elle admirait Margot, sa fierté, ses audaces, ses ruses sans vergogne et sa bonté authentique et elle ne voulait pas la contrarier.

*

Chantal avait donné rendez-vous à Hélène autour du « puits des Templiers » à Richerenches. Prétextant son intérêt pour le site, elle avait surtout envie de faire plus ample connaissance avec la nièce de Margot. Hélène, qui était arrivée en avance, s'engagea sous le beffroi antique qui, comme un passage sacré, débouchait dans l'enclave de la Commanderie la plus ancienne de Provence.

Quand le Pape Clément V, sous la pression du roi de France, Philippe le Bel, avait ordonné la dissolution de L'Ordre du Temple, la commanderie fut cédée aux mains des Hospitaliers de Saint-Jean de Jérusalem. Cet ordre religieux et militaire le céda à son tour au Pape Jean XXII en 1320. Après plusieurs dévastations par des brigands au cours du XIVème siècle, le village était revenu au *Collège de Roure*[5] en Avignon qui passa un acte d'habitation en le donnant à une dizaine de familles. Le village s'était alors organisé sur l'emplacement de l'ancienne Commanderie avec des maisons regroupées à l'intérieur des remparts. Au milieu de la forteresse et des quelques maisons attenantes qui semblaient désertées par leurs habitants, Hélène se retrouva rapidement encerclée par la puissance écrasante et protectrice du passé. Ses pas l'amenèrent jusqu'à la nef dont les énormes pierres en contrefort se reliaient au sommet par des arcades en formant un véritable donjon. Puis retournant sur ses pas pour rejoindre le niveau inférieur voûté, elle baissa les yeux et fouilla les recoins du sol comme jamais elle ne l'avait fait auparavant.

---

[5] Collège de Roure : fondé en Avignon en 1476 par Julien de la Rouvere, futur Pape Jules II. Ce collège accueillait gratuitement les étudiants pauvres.

Elle connaissait pourtant bien le lieu et n'avait jamais entendu parler de l'existence d'un souterrain. Un trouble l'envahit. Qu'est-ce tante Margot cachait dans le fond de sa cave ? Perdue dans ses pensées, elle se dirigeait vers la cour centrale en direction du puits, seul vestige du début de l'époque templière, quand soudain elle frémit : le regard exorbité d'un vieil homme l'observait en silence de derrière un muret en ruine. Le faciès de gargouille du vieillard hébété s'était confondu avec la grisaille des murailles. Il ressemblait à un croisement improbable de son voisin de palier avec un personnage moyenâgeux. Elle voulut lui parler pour conjurer sa crainte absurde et dépasser ses anciennes répulsions quand, sur ces entrefaites, Chantal arriva débordante d'enthousiasme. La fraîcheur matinale exhalée par les murailles semblait l'enivrer. La Parisienne voulut se promener *intra muros*, sentir le poids des siècles se dégager de l'atmosphère pesante, et exprima volubilement son exaltation passagère et envahissante. Mais très vite elle se plaignit du silence de plomb qui régnait entres ces murs antiques et du désert relationnel qu'elle subissait. Elle regrettait Saint-Tropez et se lamenta d'être isolée au nord de la Provence alors qu'elle préférait la Côte d'Azur.

— Hélène ! Raconte-moi quelque chose, tu ne dis jamais rien… Connais-tu l'histoire de la région?

— Bien sûr, tout le monde la connaît !

— Je te dirais que les vieilles pierres ne m'ont jamais vraiment intéressée ; je m'ennuie à mourir dans ce pays ; il n'y a aucune distraction. Quand je pense que mon mari m'oblige à revenir vivre au Moyen Âge !

Hélène réfléchit un instant à ce qu'elle pourrait bien lui raconter en essayant de ne pas se perdre dans le temps, puisque dans la région les siècles se chevauchaient dans l'éternel présent. Convaincue d'avoir trouvé un détail intéressant, elle expliqua l'histoire du grand haras qui fournissait les chevaux pour les croisades. Les Templiers étaient alors en Palestine et ils devaient importer de l'Occident des chevaux de guerre de grande taille et d'une force exceptionnelle pour pouvoir supporter des chevaliers en armure et les chocs des affrontements. Mais Chantal n'apprécia guère ce sujet et détourna la conversation.

— Quelle horreur ! Pauvres bêtes... Oui, mais alors, beaucoup plus récemment... Margot ?

— Margot ?

Avec une attitude détachée, Chantal baissa la voix et sur le ton de la confidence se rapprocha de l'oreille d'Hélène

— Les grands-parents de Lionel m'ont dit que quand Margot était plus jeune, elle avait eu une histoire avec un moine ...

Le regard soudain évasif, Hélène resta songeuse un instant puis précisa :

— Euh… Ce n'était pas un moine, c'était un curé.

— Un moine ou un curé c'est presque pareil ! Tu sais ce qui s'est passé ? demanda Chantal d'un air innocent.

— C'était à cause d'une histoire d'herbe.

Les yeux de Chantal s'agrandirent en signe d'étonnement et son intérêt s'exprima par une grimace vive qui traduisait son excitation. Elle demanda en chuchotant :

— D'herbe ?… Du cannabis ?

Contrainte de s'engager dans des explications dont elle se serait bien passée, Hélène se sentit dans l'obligation d'expliquer que l'armoise était une plante dont se servaient les femmes dans l'ancien temps pour avorter. Mais la conclusion de Chantal la déconcerta.

— Ah bon !… Et en plus elle était enceinte !

— Qui ça ?

— Eh bien Margot !… Si tu savais tout ce qu'on racontait dans la région au sujet de ta tante ! Remarque, les grands parents de Lionel ont toujours été en très bons termes avec elle. Ce n'est pas la question… Mais il parait que Margot aurait kidnappé le moine d'un monastère avec qui elle aurait eu une liaison amoureuse… Seulement après, le moine a disparu ; on ne l'a jamais plus retrouvé. Certains disent qu'elle l'a enfourché et qu'elle l'a enterré dans ses bois.

Débordante de protestations, Hélène prit la défense de sa tante en justifiant que celle-ci était incapable de faire une chose pareille et que tous ces racontars n'étaient que méchancetés.

Un silence interminable suivit pendant lequel Hélène et Chantal restèrent pensives. Après un long moment d'hésitation, Hélène demanda enfin :

— C'était un moine ou un curé ?

— Un moine, répondit Chantal.

*

Le lendemain, Hélène prit la route pour retourner chez elle en pensant revenir très vite chez sa tante Margot. Songeuse tout le temps du trajet, l'histoire trouble que Chantal lui avait racontée la préoccupait. Elle n'en n'aurait pas cru un seul mot si la découverte étrange qu'elle avait faite cette fameuse nuit dans la cave, ne la mettait dans un sérieux embarras. Le doute s'insinuait dans son esprit et la pensée que sa tante puisse retenir quelqu'un prisonnier dans le souterrain tournait en boucle dans sa tête. Elle avait bien entendu une voix d'homme et à qui pouvait bien s'adresser l'injonction *Vade retro* ?...

Il manquait *satanas*... « *Vade retro satanas*[6] », ça commençait à sentir le soufre. Mais le mot *satanas* n'avait pas été prononcé... Il ne fallait pas qu'elle en rajoute... Tante Margot ne parlait pourtant jamais latin.

Préoccupée par cette histoire, elle parcourut le trajet complètement absorbée par ses pensées. Un moine, un curé, ou les deux, se trouvaient peut-être prisonniers dans le souterrain... Depuis quand ? Non c'était impossible... Oui mais alors ? Qui était-ce ? Qui parlait à Margot en pleine nuit dans le dangereux souterrain qui s'écroulait ?

Quand elle se gara sur le parking devant son petit immeuble coquet, elle n'avait pas vu passer le temps. Un coup d'œil discret vers le balcon de son voisin lui confirma qu'il n'y avait rien à signaler. « Il a dû m'oublier » pensa-t-elle. Elle se sentait ragaillardie ; elle avait bien enregistré les conseils de sa tante au sujet de l'attitude à adopter face au harceleur. Les éboueurs étaient passés enlever les ordures, ça sentait pourtant toujours aussi mauvais et la chaleur suffocante n'arrangeait rien.

En pénétrant dans la cage d'escalier une odeur insupportable lui souleva le cœur. Les autres locataires étaient toujours absents ; leurs boîtes aux lettres débordaient de courrier. Elle entra chez elle en colère, l'hygiène et la propreté avaient une place prépondérante dans sa vie, elle

---

[6] « *Vade retro Satanas* » : « arrière Satan ! » Expression latine utilisée par les moines et les prêtres exorcistes.

ne supportait pas la moindre saleté et les restes des poubelles mal nettoyées empestaient tout le quartier.

Elle décrocha son téléphone et sans réponse de la part du syndic de l'immeuble, elle céda à une impulsion : elle appela les pompiers. Après coup, elle douta de la pertinence de sa décision. Etait-ce une raison suffisante pour les déranger ? Peut-être pas, mais c'était trop tard, la sirène se faisait déjà entendre, la caserne était tout près de chez elle.

Elle n'eut pas besoin de faire d'efforts pour justifier sa demande d'intervention ni pour plaider sa cause. Les pompiers ne prirent pas le temps de l'écouter. Par expérience, ils comprirent vite qu'il ne s'agissait pas d'une odeur de poubelle pour dégager une puanteur pareille. D'instinct, ils frappèrent à la porte du voisin de palier et, sans réponse de sa part, redescendirent installer la grande échelle contre la façade. La fenêtre du balcon de l'appartement voisin était toujours grande ouverte, comme huit jours plus tôt, le matin du départ d'Hélène.

Postée en bas de l'immeuble, Hélène attendait le verdict en maintenant un foulard sur son nez. L'odeur insoutenable laissait prévoir le décès de son voisin survenu pendant son absence. Un pompier, avec un masque sur le visage, réapparut sur le balcon en demandant de l'aide à ses collègues ; une jeune recrue s'était évanouie et il fallut l'évacuer.

Une heure plus tard, un sac plastique hermétique était descendu dans l'escalier et l'équipe d'une société de nettoyage était déjà sur place.

Désorientée par ce déroulement imprévisible, Hélène chercha à s'informer. Un pompier livide, encore tout retourné par le travail qu'il venait d'accomplir, lui exprima son malaise. Ils n'avaient jamais rien vu de semblable. Il ne restait plus rien du corps, hormis un squelette grouillant d'asticots qui avaient complètement dévoré les chairs du cadavre. La mort remontait à huit jours, la fenêtre ouverte au-dessus des poubelles et la canicule avaient accéléré la décomposition.

Nauséeuse, Hélène s'enferma chez elle. L'odeur persistante ne tarda pas à s'atténuer. Elle ouvrit son courrier en attendant que les opérations de désinfection se terminent. Son cauchemar venait pourtant de prendre fin.

Tard dans la soirée, la chaleur était à son comble. Elle se plongea de nouveau dans ses papiers et une lettre qui lui échappa, glissa sur le sol. C'est en se penchant pour la ramasser qu'elle remarqua que quelque chose bougeait.

S'avançant vers l'angle de la pièce, elle s'accroupit pour regarder ce qui remuait sur le carrelage. Soudain elle se crispa et l'envie de hurler resta coincée dans sa gorge... Une répulsion viscérale la saisit et elle recula vivement pour suivre du regard la plinthe qui longeait le mur. Se dirigeant anxieuse vers la porte d'entrée, elle l'ouvrit et continua d'avancer sur le palier du premier étage, en fixant le sol. De dessous la porte de son voisin décédé sortaient des asticots énormes. Les larves s'étaient déplacées en longeant le mur, avaient pénétré chez elle et s'étaient répandues dans son appartement. Révulsée et désorientée, Hélène se précipita entre deux sanglots vers son téléphone fixe :

— Allo…Tante Margot !… C'est horrible ! Il a réussi… il a réussi… il a réussi à entrer chez moi.

IV

Margot piétinait dans sa cuisine devant une bouilloire qui geignait en une plainte lancinante sur le réchaud à gaz. Il était tard et le sommeil l'avait désertée. Elle avait préparé une décoction de racines de valériane et attendait le moment de jeter quelques tiges de passiflore dans le récipient. Absorbée, elle inclinait par moment la tête de gauche à droite puis, fixait un point précis pendant un instant avant de piétiner de nouveau. Comme si son esprit entrevoyait par instant quelques révélations à ce qui la préoccupait. Elle avait toujours su insuffler l'énergie qui manquait à Hélène pour dépasser les tracasseries de la vie, mais là, l'horreur était à son comble. Connaissant l'émotivité exacerbée et la fragilité de sa nièce, elle avait peur qu'elle ne sorte pas indemne de ce nouveau coup du sort.

Margot souffrait d'une frustration maternelle, propre à certaines femmes sans enfant, qui nourrissent une inquiétude permanente quand elles s'attachent à un être. La grande fille n'avait pas les ressources nécessaires pour relativiser les situations et dépasser ses aversions. Déstabilisée par une série de deuils dans son enfance, elle pensait que sa nièce ne s'en était jamais complètement remise, que seul son corps avait grandi excessivement comme pour compenser un refus de maturité, la maintenant ainsi dans l'illusion de pouvoir fuir les embûches de la vie. Dans le cas présent, même si elle avait réconforté Hélène en lui expliquant comment procéder avec les asticots, sans aspirateur. Elle ne pouvait pas faire le sale travail à sa place. Margot n'osait même pas imaginer la situation dans laquelle Hélène était en train de se débattre.

Quidam miaulait devant la porte de la cave. Margot se déplaça pour aller ouvrir au chat qui s'engouffra dans l'obscurité souterraine et elle referma la porte derrière lui.

*

Le balai ne servait à rien, il écrasait les larves sur le carrelage ou les envoyait rouler sous les meubles à cause du tremblement qui secouait Hélène. Désorientée, le souffle court et le cœur déchiré de s'être laissé abuser par le sort, elle attendit un moment, pantelante, avant d'essayer de traverser ce grand tourment. Une stratégie se clarifia peu à peu dans sa pensée apeurée et elle se maîtrisa avec force. Elle enfila des gants, ouvrit des sacs en plastique et déboucha un bidon d'eau de javel comme on met en place une artillerie défensive face à une armée ennemie. Dans un effort de volonté immense, elle parvint à surmonter son dégoût. Avec les gestes lents de l'accablement, elle saisit une première pincée d'asticots qui lui arracha un gémissement d'écorchée. L'odeur du mort lui remontait aux narines et un haut-le-cœur faillit la faire vomir, elle continua pourtant sa tâche répugnante avec un courage dont elle se croyait incapable. Elle était en train de se surpasser, de puiser en elle la volonté nécessaire pour accomplir l'impensable. Derrière son affliction, le premier résultat visible lui insuffla une vague de réconfort : elle parvenait à agir par elle-même sur les épreuves que l'existence lui mettait sous le nez. Pour la première fois, un déclic venait de se faire au cœur de sa fragilité, comme si une force insoupçonnée avait dénoyauté son appréhension vitale.

Patiemment, avec une infinie dévotion à sa propre cause - se vaincre -, elle termina le nettoyage de l'appartement et ce n'est que lorsque l'odeur du chlore la fit suffoquer qu'elle alla s'enfermer dans sa chambre pour se coucher.

Confrontée d'aussi près à la mort, cette épreuve la mettait devant une réalité intangible qu'elle avait toujours fuie et qui lui ouvrait les perspectives de l'acceptation du combat qu'est l'existence, un combat que l'on pouvait perdre mais que l'on pouvait aussi gagner.

*

Lionel gara sa voiture à l'ombre du grand arbre qui trônait à l'entrée de la propriété de Margot. Par tradition, dans la Provence de l'avant-guerre, on trouvait toujours un tilleul planté devant l'entrée de chaque habitation ; il représentait le symbole de la longévité de l'amour conjugal. Lionel souriait intérieurement en songeant à la vie amoureuse de Margot et se dirigea vers le logis. Il venait lui demander conseil ; un renard rôdait près de leur maison. Il savait que la vieille femme n'avait jamais eu peur de croiser les yeux noirs des sangliers quand elle se retrouvait nez à nez avec eux sur le chemin de son potager. Son avis pourrait peut-être l'éclairer sur le comportement à adopter avec l'animal sauvage. Mais c'était surtout un prétexte pour venir rendre visite aux deux femmes, Lionel éprouvait le besoin irrésistible de se rapprocher d'Hélène.

— Je suppose qu'il est maigre, efflanqué et peu farouche ton renard ? demanda Margot à Lionel.

— Oui, c'est ça, il est plutôt misérable.

— La maladie est en train de décimer l'espèce... Quand une de ces bêtes souffre, il arrive parfois qu'elle se rapproche des habitations des hommes, on dirait qu'elles viennent quémander de l'aide... Mais la rage sévit, il ne faut surtout aucun contact avec cet animal. C'est encore un mauvais présage tout ça...

— C'est dangereux ? Je pense aux enfants...

— Dis-leur de ne pas l'approcher. La pauvre bête va s'éteindre toute seule. Viens, entre boire quelque chose de frais.

Sans se faire prier, Lionel emboita le pas à Margot pour se retrouver dans l'agréable fraîcheur de la demeure. Il se laissa tomber sur une chaise près de la table en chêne en regardant autour de lui.

— Hélène n'est pas là ?

— Elle est allée chez elle. Pourquoi, tu voulais la voir ?

— Euh... Non... Enfin oui, comme ça... répondit-il apparemment déçu.

Margot lui lança un regard en biais et alla chercher de l'eau fraîche et du sirop de menthe.

Lionel s'épancha alors longuement sur ses souvenirs d'enfance. Il évoqua ses baignades dans les trous d'eau avec Hélène, ainsi que leur complicité d'antan. Une liberté que l'enfant de la ville qu'il était retrouvait chaque été comme un réel bonheur. Absorbé par les souvenirs indicibles du temps passé, il resta un moment pensif avant d'adopter un petit air pincé et mélancolique comme pour exprimer sa nostalgie, il poussa alors un soupir, puis demanda soudain :

— Pourquoi Hélène n'est-elle toujours pas mariée ?

Etonnée de son indiscrétion, Margot suspicieuse pensa : « Décidemment ces Parisiens… Ils veulent toujours tout savoir. »

— C'est de famille : chez nous on ne se marie pas. répondit-elle.

— Oui bien sûr, mais elle doit bien avoir quelqu'un dans sa vie ?

— Pas en ce moment…

Margot regretta aussitôt sa réponse. Agacée par les questions de Lionel, elle aurait voulu changer de conversation mais celui-ci insistait lourdement.

— C'est une belle fille, c'est étonnant qu'elle soit seule ?...

— Ça n'a rien à voir avec la beauté ce genre de chose. D'ailleurs les moches ont plus de chances de se retrouver en couple que les belles. Elles sont moins exigeantes. C'est la façon dont se vivent les choses à l'intérieur qui est importante et pas le fait de faire comme tout le monde pour avoir l'air normal.

— C'est votre âge qui vous fait parler ainsi, mais Hélène est jeune !

— Eh bien, quand elle aura grandi dans sa tête, elle en trouvera peut-être un qui lui convient. C'est une affaire de maturation ça aussi.

Margot s'était exprimée fermement malgré elle, trahissant ainsi quelques espoirs déçus comme si elle avait du mal à accepter l'inconsistance de sa nièce.

— Je vous trouve dure Margot !

— Dure, moi ? Psuttt... Je suis toute *Escancrayée*[7]... Vieille et fatiguée. Il se prépare des choses qui ne vont pas être faciles à vivre, et il va bien falloir passer à travers. Ça me fait souci. Le temps s'accélère : tout va trop vite et on est saturé d'informations.

Surpris, Lionel leva les sourcils et prit un air ébahi qui mimait l'incompréhension ; il la regarda comme si elle avait dit une aberration.

— Vous, ici ! Mais vous n'avez aucune information ! Vous ne regardez même pas la télévision...Venez en ville et vous comprendrez ce que c'est, que d'être saturé d'informations !

Margot poussa un soupir en attendant que l'ironie moqueuse du Parisien s'apaise.

— Mon garçon ! La nature, elle aussi, reçoit de l'information. Elle réagit de la même manière que le cerveau des gens des grandes villes... Mais personne ne comprend le sens des signes ! Ils sont pourtant de plus en plus clairs. Ici, tout parle. Les renards, les sangliers, les arbres et les plantes... Tout dit la même chose, pas be-

---

[7] Escancrayée : abîmée, avoir mal partout. (Patois provençal.)

soin d'Internet : les nouvelles du monde sont inscrites dans chaque feuille qui tombe du marronnier à l'automne, dans la corole de chaque orchidée sauvage, et quand les guêpes se mettent à attaquer les cigales par centaines... Ça veut dire qu'il doit se passer de drôles de choses ailleurs... Il suffit de superposer le microcosme sur le macrocosme pour pouvoir lire les nouvelles. Je te dis qu'on est saturé d'informations !... Le système immunitaire aussi ne s'y retrouve plus, il rejette tout ce qu'il a absorbé en provoquant de nouvelles maladies pour essayer de se purger. Et il n'y arrive pas ! Il ne peut pas y arriver... C'est impossible car ça vient du cosmos[8] !... Regarde le ciel le soir, tu verras comment les planètes ont grossi et comment celle qui est rouge[9] est de plus en plus près de la terre. Et la merde d'étoiles ! J'en ramasse tous les jours en ce moment... Regarde dans la cagette, par terre, là, à tes pieds !...

Lionel suivit le doigt de Margot qui lui indiquait le pied de la table et se baissa pour examiner de plus près les cailloux posés dans une cagette. Il en saisit un dans sa main et surpris par son poids, il s'exclama admiratif :

— Oh oui... Mais ce sont des météorites !

---

[8] Dans la chine du Vème siècle avant notre ère, le livre « *Houng di Nei-Jing* » présente une vision du monde où tout est relié, la maladie résultant d'une rupture d'équilibre entre l'homme et les forces de l'univers.

[9] Planète rouge : mars.

Le visage de Margot s'éclaira.

— Ah… Ça me fait plaisir que tu t'y connaisses…

Et devant l'intérêt manifeste qu'il affichait, elle poursuivit ses commentaires :

— Il y en a de plus en plus ! C'est normal ça ? Moi je n'ai jamais vu une chose pareille… Avant, c'était exceptionnel que j'en trouve. Maintenant le ciel a la *cagagne*[10]. Ce n'est pas un bon présage non plus… Et si tu savais tout ce qui risque d'arriver… Quand je pense que le chat couve les œufs des faisans… Enfin, il faut rester confiant, il va juste falloir s'adapter aux nouvelles transformations sans trop se faire *escagasser*[11].

Lionel ne l'écoutait plus, il observait attentivement les météorites qu'il tenait dans les mains, absorbé par ses réflexions scientifiques.

— Où les avez-vous trouvées ?

— Je te montrerai quand tu voudras… Il ne faut jamais oublier que la *loi des signatures*[12] est la première loi cosmique de l'information. C'est facile, regarde ces tomates ! Elles sont rouges et ont quatre cavités comme le cœur humain. Depuis le début de l'été et parce que j'en mange tous les jours, je n'ai plus de palpitations et mon

---

[10] Avoir la cagagne : colique, diarrhée (patois provençal).
[11] Escagasser : abîmer.
[12] La loi des signatures : Paracelse. Livre : *Energie, l'information et le vivant*, J.-S. Berger, Résurgence.

sang circule désormais sans problème. Si tu coupes une rondelle de carotte, tu remarqueras que ça ressemble à un œil, avec la pupille et l'iris. C'est bien connu que les carottes améliorent la vision. La noix ressemble à un cerveau. Le haricot qui a la forme d'un rein aide la fonction rénale. L'avocat met neuf mois pour arriver à maturation et il a la forme d'un utérus. La nature nous parle sans cesse et nous avons tout sous les yeux pour nous informer et nous soigner si nous savons être attentifs. Les patates ont la forme du pancréas et sont bonnes pour les diabétiques. Les olives aident le fonctionnement des ovaires et les figues !... Ça te fait penser à quoi les figues ?...

— Pardon ?...

— Les figues ?... Elles sont suspendues en paires en murissant ?... Et bien elles augmentent la vitalité des spermatozoïdes. Dans la nature tout a une fonction qui agit en similitude avec le vivant qui lui est semblable.

Lionel n'avait pas suivi les considérations de Margot. Absorbé par les pierres de l'espace, il avait l'air de se poser mille questions.

— Euh, oui d'accord, ça m'intéresse. Les météorites, je veux dire... Je reviendrai avec les enfants quand il fera moins chaud, ils vont être étonnés eux aussi...

Il se leva le sourire aux lèvres s'apprêtant à s'en aller :

— Demain soir on fait des grillades, venez donc manger. Est-ce qu'Hélène sera revenue ?

— En principe oui…

— Nous vous attendrons vers vingt heures.

Lionel pensif, démarra en direction de Colozelle. Quand il arriva à la coopérative agricole, à la sortie du village, il était déjà trop tard et le pain de la livraison journalière était épuisé. Il se contenta d'un gros pavé campagnard qui datait de la veille.

De retour chez lui, la mauvaise humeur de Chantal lui sauta aux yeux immédiatement ; elle l'accueillit le regard sombre et suspicieux avec la pointe de mépris dont elle savait user. Dès qu'elle eut trouvé un mobile, elle s'en prit à lui :

— Tu en as mis du temps pour aller acheter du pain ! Qu'est-ce que c'est que ce gros machin ? Tu sais très bien que je n'aime que les baguettes ! Et en plus il est rassis ! Tu l'as fait exprès ou quoi ?

Devant la réaction imprévisible de sa femme, Lionel essaya d'adopter un comportement neutre. Il connaissait trop bien les crises de Chantal et malgré une patience innée, il arrivait à saturation et ne les supportait plus.

— C'est le seul pain qui restait, on n'est pas à Paris ici… Je me suis arrêté chez Margot en passant et j'ai traîné… Je les ai invitées à manger demain soir.

— Ah je vois. Monsieur est allé rendre visite à la belle Hélène, vous m'en direz tant... Espèce de menteur... Je les connais tes cachoteries !

— Tu ne vas pas commencer !... On est en vacances.

— En vacances ! Dans ce pays féodal ! Où il ne se passe jamais rien ! Je te dis de la vendre cette maison ! J'en ai marre d'être enterrée dans le trou du cul du Moyen-âge !

— Tu n'as qu'à rentrer à Paris... Moi je reste ici avec les enfants jusqu'à la fin des vacances !

Chantal furieuse, envoya nerveusement le plat sur la table et se versa un verre de vin rempli jusqu'à ras bord. Assise en face de son mari, le regard noir, elle fouillait dans sa rancœur en le regardant manger.

— J'en ai assez, je m'emmerde !

— Eh bien rentre à Paris je te dis !

— Ça t'arrangerait ! Hein... Tu t'en fous de moi ? Hein... Tu préfères Hélène ? C'est ça ?

— Hélène n'est même pas là, elle est repartie chez elle. Elle ne revient que demain.

— J'en ai rien à foutre, ce n'est pas mon problème, tu es quand même allé la voir ! Tu me prends pour une idiote ? Tu crois que je n'ai pas remarqué la façon dont tu la regardais dimanche ? J'ai bien vu que tu cherchais à la séduire par tous les moyens ! Et elle, avec son air de bécasse… On aurait dit qu'elle rencontrait le Saint-Esprit descendu de la Capitale ! De toute façon, elle n'a aucune conversation… Et je me demande d'ailleurs si elle est bien normale ? La France profonde est un réservoir de consanguins, tout le monde le sait… J'imagine bien, tout ce qui s'est déjà passé entre vous quand vous étiez jeunes !... Et tu continues à me prendre pour une idiote ?

— Arrête de crier ! On avait sept ans, tu délires… Et puis tu me fatigues…

— Assassin ! Je suis sûre que tu es capable d'abuser d'une handicapée !

Chantal vida son deuxième verre de vin. Le coin de sa lèvre gauche tombait en un air de mépris. Elle quitta la table. Lionel regarda ses fils qui, hermétiques au conflit et l'air blasé, avaient le nez dans leur assiette et continuaient à manger comme si de rien n'était.

— Les enfants ! Ne vous approchez surtout pas du renard, il a la rage.

Chantal revint sur ses pas comme une furie.

— Quoi ? Moi j'ai la rage ?... Tu m'humilies devant les enfants ? Tu vas me le payer !...

Elle fit demi-tour et claqua la porte de la terrasse qui fit vibrer les carreaux.

— Qu'est-ce qu'on fait papa cet après-midi ?

— On va aller ramasser des météorites… quand il fera moins chaud.

V

Margot attentive derrière le carreau de la cuisine, aperçut Hélène chargée de son sac de voyage qui descendait prudemment les marches en pierre vers le vallon. Elle sortit l'accueillir, redoublant de vigilance et de compassion en s'attendant au pire. Mais sa nièce avait meilleure mine que ce qu'elle avait imaginé. Elle lui proposa de prolonger son séjour afin de prendre le temps d'oublier cette histoire et essaya de la distraire.

— Ce soir on est invité à dîner chez les Parisiens. Ça va te changer les idées…

Hélène marqua un temps d'arrêt, son cœur se mit à battre plus fort et elle se trouva contrariée par cette émotion inattendue. La perspective d'aller dîner chez les Parisiens venait de faire surgir un fragment de joie mêlée d'une angoisse suspecte. Qu'est ce qui la dérangeait tout d'un coup ? L'attitude intrigante de Chantal ou le charme irrésistible de Lionel ? Les deux personnages à la fois risquaient de la déstabiliser. Hélène n'avait aucune confiance en elle. Le regard de Lionel l'avait troublé plus que de mesure. La position de femme seule qu'elle occupait, la plaçait une fois de plus en position d'intruse au sein d'un couple. Elle connaissait par cœur le scénario classique de ce genre de situation ; elle devenait un objet de convoitise et une rivale potentielle avant même de s'être assise sur une chaise ou d'avoir ouvert la bouche. Comme si le fait d'exister dérangeait toujours quelqu'un... Chantal risquait de s'imaginer des choses et Hélène ne voulait en aucun cas s'empoisonner la vie avec ce genre d'histoire.

— Je suis fatiguée, je ne crois pas que j'irai avec toi ce soir.

— Mais si, ça va te changer les idées. Et puis Lionel serait déçu !... Hier, il est venu, en me faisant croire qu'il avait des réels soucis avec un renard. Psutttt... Je ne suis pas née de la dernière pluie, c'est surtout toi qu'il venait voir. On n'apprend pas aux vieux singes à faire la grimace ! Il s'imagine peut-être que je n'ai pas compris... De toute façon, tu ne risques rien. Sa femme le tient en laisse et il n'est pas le genre à commettre des impairs, c'est un trouillard.

Les amours d'enfance laissent pourtant des traces indélébiles d'une candeur irréaliste qui ne se contrôlent pas. Hélène ne pouvait plus se mentir à elle-même ; Lionel l'attirait aussi. Elle se tut. Margot, d'habitude si fine, ne se doutait de rien la concernant.

Le soir même, lors du dîner, Chantal était très chic. Elle portait une robe moulante dont le décolleté mettait en valeur un morceau d'ambre cerclé d'une monture en argent. Maquillée, chaussée de talons hauts, elle était agréable à regarder malgré son allure un peu décalée avec le contexte campagnard. Son attitude ne laissait rien paraitre du conflit de la veille avec son mari. Désinvolte, l'air ébloui, presque ingénu, dépourvu de toute authenticité, elle semblait persuadée que nul n'avait démasqué l'illusion qu'elle s'efforçait de créer. Lionel, prudent, la surveillait du coin de l'œil comme s'il soupçonnait un coup de théâtre, puis il engagea la conservation avec Margot. Passionné d'astrophysique, il parla des météorites et développa ses idées sur le phénomène alors que les enfants écoutaient avec intérêt. Margot leva soudain le nez, une brise légère venait de se lever dans l'air sec et brûlant de cette soirée d'été. Quelques instants plus tard, le vent tourna d'un seul coup et la fumée du barbecue aux odeurs de viande grillée et de thym enveloppa la tablée. Chantal hurla d'indignation en accusant son mari de sa maladresse, mais la brise changea soudain de direction et dissipa la fumée. Margot resta un moment le nez en l'air comme un épagneul flairant une piste puis, perplexe, se réfugia dans ses pensées jusqu'à ce qu'un sujet sensible ne vienne l'aiguiser. Chantal, qui avait subitement retrouvé son air aimable, s'adressa à tous avec une délicate oscillation entre séduction et provocation.

— Connaissez-vous la différence entre un moine et un curé ?

Lionel lui jeta un regard rapide et incisif. Méfiante, Hélène se crispa en se chargeant d'une tension déjà latente. Margot répondit calmement sans lever le nez de son assiette.

— Un moine est assigné à résidence tandis que le curé peut vadrouiller où bon lui semble, mais il arrive parfois que le mécanisme s'inverse.

— Il paraît qu'il y a quelques années, un curé a disparu dans le coin…

— C'est qu'à force de voir des hérétiques partout, il a vadrouillé jusqu'à l'asile. Il se prenait pour le Grand Inquisiteur de France et faisait mille misères à tout le monde. L'évêché a préféré étouffer l'affaire.

— Il paraît pourtant qu'il a été assassiné… savoura Chantal d'une voix suave.

— C'est possible, on ne sait jamais ce qui peut se passer chez les fous.

— Mais Margot !... renchérit Chantal, et le corps qui avait été retrouvé dans vos bois ?

Un silence gênant s'abattit d'un seul coup sur la tablée, Hélène arrêta de manger et Lionel foudroya sa femme d'un regard de reproches. Chantal jubilait : elle tenait sa vengeance et reprit un air désinvolte. Margot posa sa fourchette et leva la tête:

— C'était celui d'un saisonnier originaire d'Anduze. Un Protestant... Allez donc savoir ce qui s'est passé ?... Personne n'a jamais su.

— Les guerres de religions sont pourtant terminées depuis longtemps, Margot ! lança Chantal ironique.

— Oui c'est ça... Croyez-le ! Regardez tout ce qui se passe... Il n'y a qu'à voir les dégâts que font les chenilles processionnaires sur la nature, les hommes et les animaux domestiques. L'année dernière, le vétérinaire a été obligé de couper un morceau de la langue du chien d'Antoine... Il avait joué avec les chenilles qui ont des poils urticants comme de véritables harpons toxiques. Elles nichent pourtant par milliers au sommet des grands arbres et traversent les bois en files indiennes au risque de vous piquer au moment où vous vous y attendez le moins, et personne n'y prend garde. C'est une catastrophe... Elles étaient remontées jusqu'à Poitiers et maintenant elles ont colonisé l'Europe entière. C'est l'annonce latente d'un état de guerre.

— Je ne vois pas du tout le rapport !... Vos digressions pseudo naturalistes prouvent bien que vous avez quelque chose à dissimuler.

— Je n'ai rien à cacher... s'insurgea Margot, puis elle poursuivit avec un air à la fois doux et malicieux...

Néanmoins, il n'y a rien de plus triste qu'une âme sans secret.

Chantal glissa sur l'allusion puis revint à la charge décidée à en savoir plus.

— On dit dans la région qu'un moine...

Mais Margot lui coupa la parole et Chantal ne termina pas sa phrase.

— Tout ce qu'on raconte n'est que ramassis de sornettes. Les villes et les campagnes sont peuplées de mécréants et ce qu'on dit, je m'en tamponne allègrement le coquillard ma fille !

Elle avait élevé le ton, ce qui avait jeté un froid glacial. Lionel coupa court à la discussion en s'adressant à Hélène qui, silencieuse depuis le début du repas, n'arrivait pas à rebondir sur la conversation. Son esprit nageait dans la confusion entres les non-dits de sa tante et les insinuations de plus en plus précises de Chantal. Et puis Lionel la troublait... Chaque fois qu'elle avait essayé de parler avec lui, elle n'avait jamais réussi à placer un mot devant l'autre. Il s'était aperçu de son malaise ce qui augmentait d'autant plus leur embarras réciproque. Margot se leva et renifla l'air, puis retourna s'asseoir.

— Vous ne sentez rien ?

Tout le monde renifla à son tour sans rien déceler.

— Qu'est-ce que tu sens, tante Margot ? demanda Hélène pour se donner une contenance et saisir l'occasion d'ouvrir la bouche afin de démontrer qu'elle n'était pas muette.

— Non rien... J'ai une odeur dans le nez.

L'obscurité noya bientôt la campagne. Il était minuit, la soirée s'achevait. Les deux femmes prirent congé et s'en allèrent vers leur habitation toute proche.

En arrivant devant le logis, une odeur d'encens flottait dans l'air nocturne. Margot scruta le ciel et pointa sa lampe vers l'obscurité où une zone laiteuse zébrée détonnait au sein de la nuit d'encre comme une menace orageuse. Des escarbilles volaient et l'odeur de résineux qui brûlent ne tarda pas à envahir la nuit. Le ciel se mit bientôt à rougeoyer comme au soleil couchant. Margot rentra précipitamment dans la maison et sauta sur le téléphone mais une sirène retentissait déjà dans le lointain.

Hélène partit en courant et grimpa sur un monticule de terre qui surplombait les toitures : des flammes gigantesques léchaient la cime des arbres, incendiant la forêt voisine. Les sirènes retentirent plus fort comme un vertige qui n'en finissait plus. Une fumée âcre se répandait en rendant l'air progressivement étouffant. Déboussolées, Margot et Hélène fermèrent fenêtres et volets en se réfugiant à l'intérieur. Une fois confinée, Hélène se sentit prise au piège, la panique s'empara d'elle et elle voulut s'enfuir. Margot voulait descendre s'enfermer dans la cave et le temps passait dans une confusion croissante où rien n'arrivait à se décider.

Elles avaient calfeutré tous les interstices avec des serviettes éponges mouillées, à l'étage la fumée s'était déjà répandue dans les chambres. Elles entendirent quelqu'un tambouriner à la porte. Hélène ouvrit. L'air égaré, Lionel apparut avec un linge ruisselant sur la tête. Il s'engouffra dans la maison.

— Venez, dépêchez-vous ! On a encore le temps de passer.

— Pars avec lui si tu veux, moi je reste ici, dit Margot bien décidée. Elle avait déjà saisi le chat qu'elle tenait fermement contre elle et s'apprêtait à descendre à la cave. Partez vite !… Je ne risque rien là-dessous.

Déchirée, Hélène insista encore pour que Margot s'enfuie avec eux mais sa tante disparut sans discuter sous le fronton noirci. Lionel ramassa sur le sol une serviette humide, enveloppa la tête d'Hélène et, avant de l'entraîner à l'extérieur, lui ordonna d'arrêter de respirer jusqu'à la voiture.

Dehors, le vent avait forci, des flammèches les percutaient comme des boules incandescentes, l'air suffocant était devenu mortel. Quand la voiture sortit du chemin, des flammes monstrueuses embrasaient la terre et le ciel. L'auto démarra en trombe pour bifurquer vers un chemin de terre à travers champs. Le feu léchait la nuit à quelques centaines de mètres d'eux. Une tension proche de la panique fit vibrer leur être jusqu'à ce qu'ils soient hors d'atteinte. Quand ils atteignirent le poste relais des pompiers, Lionel descendit de voiture et se précipita pour signaler la présence de Margot dans la maison. Les voies d'accès aux villages étaient coupées. Ils partirent à l'écart des opérations sur une route sécurisée. Lionel ralentit sa course folle et finit par se garer au bord d'un champ de vignes ; il arrêta le moteur, posa les deux mains sur le volant en regardant la nuit terrifiante s'embraser dans le lointain.

— Tu vois Hélène ! dit-il au bout d'un long moment, on avait encore des choses à vivre ensemble…

La gorge nouée, Hélène pensait à sa tante, puis aux autres.

— Où sont Chantal et les enfants ?

— Dans le village, ils sont en sécurité.

— Margot est en danger ?

— Je ne sais pas… Dès que la zone est maitrisée, on y retourne.

Les pompiers protégeaient les habitations des flammes mais la fumée dégagée par l'incendie était tout aussi cruelle. Respirer une seule fois de cette poisse toxique pouvait être fatal. Malgré une vigilance accrue, Hélène se renversa sur l'appui-tête et ferma les yeux. Elle pensait à Margot : « elle n'a pas voulu fuir en l'abandonnant, elle l'a rejoint dans le souterrain quitte à mourir avec lui. Qui est donc cet homme caché dans les soubassements des ruines moyenâgeuses ? »

Lionel avait fermé les yeux lui aussi mais ses paupières continuaient à cligner démasquant une activité émotive intense. Il voyageait au cœur de ses désirs où un insaisissable sentiment amoureux le tourmentait. Comme un équilibriste, entre déchirement et séduction, il laissa glisser sa tête sur le côté et regarda Hélène. Elle ressentit un frémissement subtil et se tourna vers lui. Ils se regardèrent contemplatifs et complices l'un de l'autre dans un échange silencieux. Le temps sembla s'arrêter. Lionel rompit le charme hypnotique d'une voix tendre.

— Je ne t'embrasse pas, ce serait trop grave.

Accrochés l'un à l'autre par le regard, un instant de volupté béate inonda la relation soudaine entre leurs corps et l'interdit. Ce fut l'occasion d'installer entre eux la table des souvenirs et la certitude d'un avenir sans issue.

*

Le jour se leva sur la nappe d'un brouillard de cendre qui avait recouvert le jardin sauvage. Une odeur acre empestait l'air. Margot toussait sans interruption en s'appuyant sur le tronc du tilleul. Le bruit des canadairs qui survolaient le secteur lui faisait penser à l'état de guerre dont elle parlait la veille. Malgré ses protestations vigoureuses, les pompiers voulurent la diriger vers l'hôpital le plus proche, au même moment la voiture de Lionel déboucha dans le chemin, suivie d'une ambulance.

Hélène se précipita vers Margot qui dédramatisa la situation tout en lançant un regard anxieux autour d'elle. Résignée, elle se laissa installer dans l'ambulance. Derrière sa mine pâle, elle fit un signe de la main en guise d'au revoir et elle parut soudain si vieille, qu'Hélène alla lui poser une main sur l'épaule et murmura.

— Je t'attends, reviens vite.

Le bruit de la sirène retentit et le véhicule disparut dans la brume de cendre. Derrière la maison, un désert gris hanté par les squelettes d'arbres calcinés étalait sa nudité bleutée et dévoilait les ravages de l'incendie sur la végétation. Lionel s'apprêta à partir retrouver sa famille qui n'avait plus de nouvelles de lui depuis la veille. Mais la présence d'Hélène le retenait comme un aimant. Déchiré, il fit des allers et venues jusqu'à son véhicule, puis rapide comme l'éclair, revint une dernière fois, saisit le visage d'Hélène entre ses mains en la regardant au fond des yeux et lui déposa un baiser sur la bouche. Il partit sans se retourner comme s'il venait de faire quelque chose de terrible. Heureuse, Hélène souriait comme l'enfant qu'elle n'avait jamais cessé d'être. Un sentiment de reconnaissance l'envahit et, comme un savoir perdu, son cœur s'élança vers la source de ses aspirations les plus intimes. Une onde ruisselante éclata en cascade pour libérer les atomes vivants d'un amour universel qui se suffisait à lui-même. Elle regarda le désert de cendres où les germes de vie cachaient désormais une gestation nouvelle et elle sut que tout pourrait reverdir y compris elle-même.

Elle courut le cœur galopant vers la maison sans remarquer que l'odeur âcre avait envahi le logis. Elle en ressortit pour ouvrir les volets afin que la clarté du jour inonde le décor ordinaire et familier.

Ses vêtements et ses cheveux empestaient la fumée. Après s'être douchée, elle s'était endormie, bercée par le ronronnement du chat sur son oreiller.

Elle ne s'éveilla que tard dans l'après-midi au milieu d'un rêve où des flammes géantes rougeoyaient autour d'elle en un baptême de feu. La sonnerie du téléphone retentissait assidûment au rez-de-chaussée.

C'était Margot qui lui annonçait son retour en ambulance pour le lendemain ; elle allait bien et s'était remise de sa gêne respiratoire. Le chat miaulait avec insistance devant la porte de la cave pendant qu'Hélène parlait au téléphone… et une idée surgit soudain dans son esprit ; Quidam allait peut-être l'aider à résoudre l'énigme du souterrain pendant l'absence de sa tante. Elle termina sa conversation, puis alla ouvrir la porte sous le fronton noirci. Le chat s'engouffra vers le fond de l'antre et elle s'assit sur la première marche en écoutant les miaulements aigus devant l'entrée du passage interdit. La porte chanfreinée ne tarda pas à s'ouvrir en rayonnant une clarté pale dans le fond de cave. Le regard captif et le souffle suspendu, Hélène sentit un frisson lui parcourir l'échine et une obscure exaltation l'envahir. Quidam pénétra dans la galerie du souterrain et la porte se referma derrière le chat.

Par quel miracle se pouvait-il qu'elle puisse oser œuvrer seule au cœur de ce mystère, dans un lieu hanté par un moine païen ou un curé fou sans ressentir de crainte ? Comme si la peur venait de la quitter au seuil de l'enfer.

Sans Margot dans la maison, elle allait devoir partager la nuit avec un individu trouble, mystérieux et inconnu, qui se cachait au fond d'un souterrain en ruine, dans le coin perdu d'une campagne brûlée. L'appréhension de démasquer un secret trop lourd freinait son désir d'élucider le mystère. Une lente alchimie s'opérait pourtant en elle. Etait-ce le baiser de Lionel qui lui avait donné des ailes ou bien son combat avec les asticots qui avaient renforcé son audace et vaincu définitivement ses craintes irrationnelles ? Ou encore les flammes incendiaires qui avaient failli l'immoler au bûcher des sorcières ? Quelque chose lui échappait et elle alla se coucher ce soir-là, sans crainte ou peut-être trop fatiguée.

Le lendemain, la langue râpeuse du félin sur son front la réveilla à l'aube. Le chat qui avait disparu dans le souterrain la veille, se retrouvait à ses côtés sur son lit. Aussitôt convaincue que Margot était rentrée plus tôt que prévu de l'hôpital, elle descendit au rez-de-chaussée de la demeure. La porte de la cave était béante et l'unique ampoule en éclairait le fond d'où remontait un courant d'air frais. Elle appela Margot et il lui sembla percevoir une réponse. Prudemment, le cœur palpitant, elle s'avança. Comme une invitation, l'entrée du souterrain s'offrait grande ouverte à sa curiosité. Un long couloir voûté se perdait vers le fond du tunnel contre un mur d'éboulis. Il distribuait des ouvertures attenantes et accessibles sur un seul des côtés d'où filtrait la clarté pâle de la lumière du jour. Sans oser aller plus avant, elle appela de nouveau, quand une voix inconnue répondit.

— Hélène ! Viens, entre, n'aie pas peur !

Se laissant guider par le son de la voix étrangère, elle découvrit bientôt, stupéfaite, un homme sans âge aux cheveux blancs ébouriffés et à la barbe éparse. Il était assis sur une chaise avec les bras posés devant lui sur une table en bois. Son regard bleu métallique derrière des lunettes rondes la transperça. Il souriait pourtant comme un enfant heureux d'avoir fait une farce… Une chemise en toile écrue laissait dépasser une touffe de poils blancs de sa poitrine. Egarée, Hélène regarda autour d'elle : la pièce était aménagée en lieu de vie et sentait la lavande.

Des rangées de livres en tapissaient les murs de tous côtés et l'endroit débouchait sur un espace extérieur dans la
rocaille. Encerclé de hauts murs, un petit jardin dessinait
sur le sol des rangées de plantations d'herbes aromatiques. Des plantes vertes foisonnaient en un épais massif
soigné, entourant une croix en bois. Saisie par cette découverte insolite, elle resta silencieuse en ouvrant de
grands yeux étonnés et aucun mot ne put sortir de sa
bouche.

— Je t'attendais ! Ne crains rien, viens t'asseoir !...

Craintive, elle resta debout un moment sans oser
bouger, tira enfin une chaise vers elle, loin de la table, et
s'y posa sagement.

— Je sais que tu te poses des questions... Un moine
qui rompt ses vœux et qui quitte son monastère se retrouve seul au monde. Il faut qu'il ait de bonnes raisons
pour se mettre ainsi en danger ! Car sans travail, sans
revenus et sans toit, il se retrouve sous les ponts de la
misère aussi sûrement que Satan existe. J'avais fait le
choix de vivre reclus pour l'amour de Dieu... Rien n'a
changé, à part le fait que c'est grâce à l'amour d'une
femme que j'ai mieux compris Dieu. On raconte beaucoup de choses dans le pays !... L'information méticu-
leuse est devenue la sorcière du monde, mais personne ne
donne de nouvelles du Créateur. Celui-ci est absent des
villes, des campagnes, des monts et des plaines, il est
absent même de la vie religieuse ! Depuis toutes ces an-

nées, je pratique l'*octum sanctum* : une sainte oisiveté faite de lecture tranquille et de méditation calme. Je passe ma vie entre ces vieilles pierres fraîches pendant l'été et près du chauffoir en hiver où brûle un bon feu. C'est un endroit merveilleux pour méditer et lire. Ce n'est pourtant pas de ce feu matériel que nos âmes ont le plus besoin mais du vrai feu d'Amour Divin ! Fautes d'âmes embrasées, la forêt restitue les flammes qu'elle a reçues du soleil et le monde risque de sombrer dans une terrible période glaciaire. À la crise qui s'annonce, cherchons seulement la cause ultime : l'oubli de notre Origine… Il dépend de nous de faire reculer cet oubli mortifère. En nous et autour de nous. En nous, par la compréhension juste et autour de nous par le rayonnement de cette compréhension.

Le moine s'arrêta de parler et observa Hélène en restant à l'écoute de son silence, ce qui finit par la convaincre d'ouvrir la bouche :

— Je suis désolée… Je n'ai pas la compréhension de Dieu, murmura t'elle embarrassée.

— C'est normal !… C'est parce qu'il n'est pas reconnaissable. Il est comme ton silence qui cache toutes les paroles que tu n'oses dire. Comme ta fragilité qui révèle ta force. Comme ta solitude qui recèle ton désir d'union… Lorsqu'une montagne se forme, une vallée doit se former aussi. Comment imaginer une montagne sans vallée !…

Rien ne peut être manifesté et reconnaissable sans son contraire, sans sa moitié complémentaire opposée présente dans le non manifesté... Ta fragilité t'a récemment révélé ta grande force avec l'épreuve de ton harceleur transformé en asticots. Et les flammes de l'enfer t'ont amenée à découvrir l'amour qui est en toi, par l'intermédiaire de ton attirance pour le Parisien, qui n'est qu'un désir de nature compensatoire, car tout ce qui existe aspire à la réunion... Repose-toi ma fille ! Tu en as encore besoin... Le repos et la détente sont un art souverain ; l'objet d'une vertu utile et délicate qui sait trouver le juste milieu entre le loisir débridé et l'activisme qui ne décroche jamais. Tu as les aptitudes pour pratiquer l'art souverain du repos... La maladie essentielle de l'homme moderne est une atrophie de l'homme intérieur. Cette maladie a fait des progrès menaçants pendant les deux derniers siècles et aujourd'hui elle a atteint un point tellement périlleux qu'elle met en danger toute vie. Terrible !...

Les yeux du moine s'étaient agrandis pour prononcer ce mot.

— Cette maladie n'a pourtant rien d'inéluctable... À chaque instant la Création nous donne la vie et le souffle au cœur de nos jours et de nos nuits. Va ma fille !... On se reverra bientôt. Referme les portes et laisse mon chat ici.

Confuse, Hélène s'éclipsa.

Comment se pouvait-il qu'elle ne se soit jamais aperçue de l'existence de cet espace de vie au cœur de la maison ?... Il avait échappé à la vie quotidienne de son enfance, échappé à l'emprise du temps et était resté aussi désespérément hermétique depuis des siècles.

Une fois à l'extérieur, elle partit en courant et grimpa sur le talus en terre où s'enracinaient les pins parasols qui surplombaient les toitures dénivelées. Le jardin du moine était indiscernable, engoncé au cœur de la bâtisse, il était impossible d'en deviner l'existence.

Que dire à tante Margot ? Elle venait de démasquer son secret, avait découvert ses mensonges et mis à jour son intimité. Devait-elle lui parler de cette découverte et de cette rencontre ? Un sentiment coupable l'envahit... Elle rejoignit le vallon où le brouillard de cendres s'était dissipé. Les oiseaux chantaient de nouveau et les écureuils cherchaient de la nourriture sur le bord des fenêtres. Elle se rendit près du ruisseau presque à sec et se posa dans l'herbe. L'amoureux de sa tante était un moine évadé qui avait changé de cloître pour l'amour d'une femme, ce qui lui avait permis de comprendre Dieu. Elle n'y voyait aucun inconvénient... Cette histoire embrouillée ne la regardait pas de toute façon... Ce qui la dérangeait un peu, c'était qu'il soit au courant de sa vie dans les moindres détails, même ceux que Margot ignorait.

Une voiture se gara sur l'esplanade et la stature imposante d'Antoine, l'ancien jardinier, se distingua de loin. Il descendit les marches en claudiquant en direction du vallon et se dirigea vers le ruisseau. Surpris et gêné de trouver Hélène assise dans l'herbe, il s'excusa de déranger la demoiselle... Il venait prévenir que l'eau allait manquer : les pompiers avaient puisé dans la nappe phréatique et la pompe risquait de tomber en panne. Il s'éloigna de manière inattendue sans plus de commentaire avec un air penaud et triste. Au même moment, une ambulance déboucha dans le chemin de buis. Antoine, les épaules basses et la mine lasse, attendit ; il voulait voir Margot. Elle le rassura sur sa santé et lui demanda de revenir plutôt le lendemain. Impatiente de rentrer chez elle, Margot avait signé une décharge pour pouvoir sortir de l'hôpital avant la date prévue en houspillant le personnel de sa verve bien pendue. Un frétillement affairé et un ravissement l'animaient ; elle était parvenue à ce qu'elle voulait. Hélène tournait et virait dans tous les sens sans arriver à saisir le moment opportun pour lui parler. Elle finit par remettre à plus tard sa tentative de lui confier simplement la vérité sur sa découverte de l'existence du moine dans le souterrain.

VI

Le lendemain matin de bonne heure, Antoine, lourdaud et triste, entra dans la maison. Il alla s'asseoir sur une chaise au bord de la table en chêne pendant que Margot servait le café. Il se gratta la tête, passa sa main sur son visage joufflu et, comme s'il se parlait à lui-même, dit :

— J'ai réparé la pompe... Le niveau du *Rieussec* a encore baissé, si la chaleur persiste, il va manquer d'eau. Nous, à Colonzelle, c'est moins gave, on a des réserves, mais ici... On verra bien... De mémoire de Caderoussien[13] je n'ai jamais connu un été aussi chaud.

— Au pire, je n'arroserai plus... Je t'ai préparé un panier de légumes, ce sont peut-être les derniers. Je te remercie pour les œufs que tu m'as apportés.

— Tu sais Margot, je me fais vieux... Je ne peux plus travailler, sinon j'aurai continué à venir t'entretenir le jardin comme avant. Les nouveaux Parisiens m'ont aussi

---

[13]Caderoussien : habitant du village de Caderousse (Vaucluse).

demandé un coup de main pour couper l'herbe mais, j'ai refusé. Mon frère vient de mourir et je ne m'en remets pas. C'était le plus jeune, j'aurai jamais cru qu'il parte avant moi. Je suis le dernier vivant de la famille.

— À nos âges, il ne faut pas s'attendre à autre chose.

— Oui mais lui, c'était le *caganis*[14] ! Le plus résistant que j'ai connu, je l'avais imaginé immortel.

Antoine essuya de plusieurs revers de manche des larmes qui se mirent à rouler en flot continu sur ses joues. Les épaules enroulées, la tête affaissée au dessus de sa tasse de café, un sanglot le secoua et son apitoiement fit peine à Margot.

— Je ne peux pas dire que je sois mal dans cette région, mais, c'est pas mon pays ici, y a rien à faire, je me suis toujours senti étranger, exprima Antoine d'une voix émue.

— Ne dis pas de bêtise Antoine ! Tu ne viens pas de l'autre bout du monde mais juste de l'autre côté du Rhône !

— C'est assez, pour moi, c'est comme si j'y étais à l'autre bout du monde. Quand j'en parle à ma femme, elle ne comprend pas.

— Allez Antoine ! C'est la mort de ton frère qui te déprime et c'est normal, ça va passer... La seule certi-

---

[14]Caganis : le dernier né d'une portée nombreuse.

tude de la vie c'est qu'un jour on va mourir, tu le sais ça ?

— Je sais pas si je le sais...

— Ah... Alors il faudrait peut-être que tu y réfléchisses. C'est la première fois que je te vois dans un état pareil !...

— C'est à cause de la mort de mon frère Lulu. Tout me revient, c'est comme si ma vie se repassait en film... Margot ! Je peux t'en parler un peu, pas longtemps, ça me fait du bien... Ma femme, elle m'écoute plus.

— Allez, parle Antoine.

— Lulu... Je le revois comme si c'était hier, dans ses culottes courtes, courir vers l'école communale de Caderousse avec son cartable à la main... On ne pouvait pas dire qu'il était bien grand, le petit Lulu ! Même s'il préparait son certificat d'étude... *Pécaïre*[15] ! Sa taille ne dépassait pas les un mètre cinquante. C'était pas à cause de l'hérédité, mais à cause de l'humidité.

Troublé par cette évocation, Antoine resta un instant les yeux fixes à regarder devant lui dans le vide. La mélancolie marquait son visage. Dans un sursaut soudain il poursuivit, comme s'il avait saisi au vol les visions qui traversaient sa mémoire.

---

[15] Pécaïre : peuchère, le pauvre.

— Chaque année le Rhône débordait de son lit et noyait les campagnes jusque loin dans les terres. Le village, lui, il était protégé par les digues. Mais nous, en campagne, il fallait monter la vache au grenier de la grange et attendre la descente des eaux pour reprendre une vie normale. Ça pouvait durer longtemps, heureusement qu'on avait la barque pour aller s'approvisionner...

Il avala bruyamment une gorgée de café, puis prit deux biscuits dans l'assiette que Margot avait posée sur la table et n'en fit qu'une bouchée. Tout en mâchouillant, il reprit son histoire comme si il était en train de découvrir ce qu'il racontait.

— Lulu, lui, il n'a jamais supporté l'humidité. Depuis qu'il était né, il poussait mal. Il lui aurait fallu grandir dans la garrigue, là où la rocaille qui cuit au soleil laisse fleurir les immortelles. Mais malgré ses os *mouligas*[16], son œil était vif et il savait ce qu'il voulait le *pékélé*[17]... C'était aussi parce que sa situation physique, en dessous des autres, lui demandait de toujours lever la tête, alors qu'eux, ils étaient obligés de la baisser pour lui parler.

Antoine se tut. Hélène venait d'arriver, à peine éveillée, les yeux encore gonflés par le sommeil. Elle s'avança doucement vers sa tante et lui déposa un baiser sur le front. Elle salua Antoine engoncé dans sa tristesse et, silencieuse, s'assit à la table en se servant un bol de café.

---

[16]Mouligas : mou.
[17]Pékélé : le tout petit, expression affectueuse.

— Continue Antoine ! dit Margot, ça te fait du bien de parler... Décidément, j'ai raté ma vocation, j'aurais dû remplacer cet inquisiteur de curé au confessionnal, il y aurait eu moins de crimes dans la région. Alors et après ? Lulu ? Qu'est-ce qu'il a fait ?...

Antoine, encouragé par Margot, se ressaisit ; il se redressa sur sa chaise et la langue un peu plus agile, il poursuivit :

— Euh... C'est qu'on était déjà huit enfants et notre mère était morte en couche, mais lui, le neuvième, le *caganis,* il a survécu. Il a grandi *éscouffi*[18] au fond de la cuisine sombre avec un frère, son aîné de quatorze mois qui succomba à cause de l'*aïgue*[19] du Rhône qui suintait des murs. Il est mort parce qu'il n'était pas le *caganis.* C'est bien connu que le dernier né d'une portée est toujours malingre mais doté d'une résistance hors du commun. Lulu n'a jamais grandi d'aplomb. À cause de l'humidité, ses os s'étaient ramollis et son échine avait fait un coude, puis une bosse s'y était mise... Mais ça ne le gênait pas beaucoup... Notre sœur aînée remplaçait la mère. Le père, lui, il travaillait la paille de millet à la remise, on y fabriquait des balais. Il était dur le père, il nous aurait mis au travail dès le berceau s'il avait pu. Tous ses enfants les uns après les autres devaient entrer

---

[18] éscouffi : serré, à l'étroit.
[19] Aïgue : eau.

aux remises pour faire les *éscoutes*[20]. Et puis, il s'est aigri le père... Surtout pendant la période où il avait appris que les balais russes étaient arrivés à Marseille. Il disait que c'était une catastrophe aussi grande que celle de la peste de 1720. Il disait que si les balais russes se vendaient à Marseille, on n'aurait plus de travail, la disette commencerait pour la famille, puis pour tout le village. Tout ça le *tarnagassa*[21] longtemps, jusqu'au jour où quelqu'un vint lui rapporter la bonne nouvelle : il ne s'agissait pas des mêmes balais... Ce jour-là, il sut qu'il n'avait plus rien à craindre des Ballets russes... Parce que c'étaient des groupes de danseurs et non pas des balais faits avec la paille du millet.

Lulu a obtenu son certificat d'étude brillamment. Je me souviens de ce jour, on était dans la cuisine, notre sœur aînée lui avait dit : « Lulu !... maintenant que tu as fini tes études, tu devrais peut-être chercher du travail ! Sinon le père va t'envoyer aux *éscoutes*, comme nous tous... Tu serais peut-être mieux à trouver une place à Orange ! » Il lui avait répondu : « Oui, tu as raison, demain matin je prendrai le vélo et j'irai à Orange chercher du travail ».

Antoine saisit son bol de café de ses mains épaisses et le porta à ses lèvres charnues. Il avala quelques gorgées bruyamment et, avec une exaltation contenue, reprit

---

[20] *éscoutes* : tiges du millet qui servaient à faire des balais.
[21] *tarnagassé* : contrarié.

le cours de son récit excité comme s'il avait peur qu'on lui ravisse l'audience.

— Le lendemain à la première heure, Lulu avait enfilé son pantalon court en toile de jute et un tricot de laine, il avait enfourché le vieux vélo et s'était lancé sur la route d'Orange en pédalant tant qu'il pouvait. Arrivé à la hauteur de la balance à huile sur le cours Saint-Martin, il était exténué. Avec son souffle court, sa petite taille et son handicap physique, les six kilomètres parcourus l'avaient *éscagassé*[22]. Il pose son vélo contre le tronc d'un platane et tant bien que mal reprend son souffle. Sur ce, il se passe vite une main dans les cheveux pour se recoiffer, frotte un peu ses habits et le voilà parti en direction du centre-ville. Il gardait dans sa poche le précieux morceau de papier.

« Qu'est-ce que tu veux mon petit ? Lui demandait-on dans les magasins. » À cause de son visage angélique et de sa petite taille, il paraissait plus jeune que son âge, alors il sortait fièrement son certificat d'étude et disait : « Je voudrais du travail, s'il vous plaît ». « Ah ! C'est bien... Mais nous, on n'en a pas à te donner, va voir un peu plus haut dans la rue ».

Lulu a passé ainsi en revue tous les commerces de la ville. Un peu avant midi, il était sur le point d'arriver au terme de son périple. Il pousse la lourde porte de la

---

[22] éscagassé : dans le sens de fatigué.

banque *Bonnasse*[23]. Il pénètre dans le grand hall son papier en main et il le tend à l'homme qui l'accueille : « Je cherche du travail, dit-il ».

« Ah ! C'est bien, viens me montrer ce que tu sais faire ».

Le monsieur cravaté le fait asseoir derrière un bureau devant une feuille de papier blanc et lui donne des opérations à faire. Et puis, il lui fait faire une dictée avec des mots, que de toute sa vie, il n'en avait jamais entendu des comme ça. L'homme se reprend alors devant l'air ébahi de Lulu et lui dit :

« Dieu que je suis bête ! Qu'est-ce que je te dicte là ? Ce sont les nouveaux formulaires... Même nous, on ne comprend pas ce qu'ils veulent dire. On va faire plus simple... Mais dis-moi, tu es drôlement fort en calcul ! ».

« Je suis le premier de la classe monsieur ! »

« Bon, écoute... Reviens me voir cet après-midi à 13 heures 30. Mais attention ! Ni avant ni après. Tu sonneras à la porte à côté de la banque, il faudra que tu sois habillé en costume ».

Lulu tout *éstourbi*[24] sort de la banque et demande l'heure à une passante. *Bisque*[25] ! Il était plus de midi, il lui fallait faire vite, retrouver le platane où il avait laissé

---

[23] Banque Bonnasse : une ancienne banque régionale.
[24] Estourbi : avoir la tête qui tourne.
[25] Bisque : expression exclamative.

son vélo et retourner à Caderousse changer de *braille*[26]. Un costume… Il n'en avait pas, sauf celui de la communion qui avait servi à tous les frères, mais depuis, le costume avait hérité d'un col marin.

Lulu pédale tant qu'il peut le long de la route sinueuse. Il croise Tonin dans ses terres mais il ne s'arrête pas, ni pour ramasser les figues près du taillis aux mûres. Il fonce tant qu'il peut sans perdre une seconde du temps qui le sépare de son coup de chance. Il pose le vélo contre le mur de la maison et appelle notre sœur :

« Vite, le costume… Je repars. On veut me voir à 13h 30 pile à Orange ».

« Je vais rentrer le col marin à l'intérieur, ça fera mieux ». Elle a dit la sœur.

Quand enfin il se dresse sur la pointe des pieds pour appuyer sur le bouton de la sonnerie, il est 13 heures 30. L'homme cravaté vient lui ouvrir en tenant un bambin de 4 ans par la main.

« C'est bien, tu es à l'heure, dit-il. Tu vas prendre la main de mon petit garçon et le mener à l'école sur le boulevard. Ne traîne pas, elle ferme dans dix minutes. Ensuite tu reviendras me voir ».

---

[26] Brailles : vêtements.

« Lulu s'était décomposé comme une figue *maquée*[27], il avait saisi la main du minot et s'en était allé le long du trottoir vers l'école. »

Margot se leva et partit vers la cuisine. Elle ramena des légumes à éplucher pour ne pas perdre son temps pendant qu'elle écoutait Antoine qui n'en finissait plus avec son histoire. Elle sortit un couteau de sa poche, un *opinel* qui ne la quittait jamais et sur le manche duquel était gravé son nom, et commença à raccourcir des courgettes. Hélène avait les deux coudes posés sur la table et tenait sa tête entres ses mains, attentive aux propos d'Antoine qui s'était arrêté de parler.

— Et alors, après ?... demanda Hélène, le souffle suspendu à la voix d'Antoine qui emplissait la table du petit déjeuner d'images d'un autre temps.

— Euh... Alors, en rentrant vers Caderousse, il en avait gros sur la patate. En le voyant faire la *mourre*[28], notre sœur l'avait consolé, elle lui avait dit : « Ne t'en fais pas *Pékélé* ! Tu es né coiffé ! Le ciel te protège. En 14 ans, tu serais mort dix fois s'il en avait été autrement... Tu as eu toutes les maladies qui existent et même celles qui n'existent pas ! Tu t'en es toujours sorti, alors c'est pas ce grand *éscogriffe*[29]qui va t'*esclaper*[30],

---

[27] Maquée : trop mure et abîmée.
[28] Faire la mourre : faire une mauvaise tête.
[29] Escogriffe : celui qui est grand et qui s'agite.
[30] Esclaper : claquer ou décevoir.

puisqu'il t'a dit de revenir à la banque lundi dans ton habit de communiant ! ».

Le père était rentré en rouspétant dans sa moustache et tout le monde s'était tu. Quand il a tiré la *cadière*[31] près de l'âtre, il a jeté un regard dédaigneux à Lulu ; il le traitait toujours en *bédigas*[32] parce qu'il n'avait pas voulu grandir comme les autres.

Le lundi matin, Lulu s'est présenté à la Banque Bonnasse et on l'a placé derrière le grand comptoir avec deux bottins téléphonique sous les pieds pour que sa tête dépasse. Il recevait les clients car il avait un joli visage souriant et des yeux intelligents. Quelques temps plus tard, il fut embauché. À partir de ce jour-là, le père l'a regardé d'un autre œil ; il s'est même arrêté de s'en servir de souffre-douleur quand il se sentait *tarnagassé*. Le dimanche au café, il disait à tous avec fierté:

« Mon fils est banquier ! C'est le premier banquier de la famille... »

C'est qu'il aimait les chiffres Lulu ! Et les papiers aussi... Et aussi tout ce beau monde bien mis et chapeauté au milieu duquel il évoluait. Il ne se trompait jamais dans les comptes, si bien qu'il a pris du galon. Parce que quand il voulait quelque chose Lulu, il y arrivait toujours

---

[31] Cadière : chaise.
[32] Bédigas : imbécile.

d'une manière où d'une autre, c'était un *testar*[33]. Puis un jour…

Tante Margot s'impatientait.

— Tu as encore pour longtemps Antoine ? Parce qu'on doit aller à Colonzelle chercher le pain. Après il n'y en aura plus.

— Et puis un jour quoi ?... demanda Hélène qui attendait la suite.

— Si tu l'incites à encore parler, ma fille ! On y est pour jusqu'à demain… Tu ne le connais pas ! répliqua Margot.

Complice, Antoine continua. Il était assis bien droit sur sa chaise et s'adressait à Hélène qui l'écoutait.

— Donc… Alors un jour… Euh… C'était sur les bancs en pierre au pied des digues de Caderousse. Les Vieux venaient y blaguer en roulant leur tabac dans le papier à cigarettes ; ils lézardaient sous le soleil d'hiver en attendant les inondations. Lulu tout *mouligas*, était descendu du chemin de ronde en faisant la *mourre*. Il s'est assis à côté du vieux Mathieu qui tirait toujours sur un mégot éteint en papier maïs et, il s'est confié.

« C'est le père !... Il me parle plus… »

« *Zou mail*[34] ! *Pétan*[35]… Celui-là, c'est un *drôle*[36] ! » s'est insurgé le vieux Mathieu.

---

[33] Testar : têtu.

« Assieds-toi Lulu, ça lui passera… Quand j'y pense… Si ta pauvre mère était là ! Elle serait pas peu fière de toi !... Tu t'en rappelles de ta pauvre mère ? ». Il lui avait répondu :

« Non, mais il parait qu'elle avait la figure belle comme celle de la Sainte Vierge… »

Et c'était vrai. Sainte c'est sûr, elle l'était la mère. Mais vierge, bon… Bref. Je me souviens quand elle me disait : « Antoine ! Tu te rends compte, il paraît qu'à Paris, il y a des voitures qui marchent sans chevaux ! » C'était *y a un bail* tout ça… Ça doit dater de l'époque du Pape Pissette, dit-il en insistant lourdement sur la fin du mot avec son accent du midi.

— Pie VII, Antoine ! Voyons ! protesta Margot en pelant ses aubergines.

— Oui… Alors Mathieu a distrait Lulu comme il a pu :

« Vois Lulu ! Regarde : les oiseaux volent contre les maisons, ça veut dire que demain il va geler. Mais pourquoi tu es là aujourd'hui, tu ne travailles pas ? »

« Eh non… Figure-toi que la banque ferme, elle a fait faillite… Et moi je n'ai plus de travail. »

---

[34] Zou maïl : encore !
[35] Pétan : pétard ! Expression d'exclamation.
[36] Drôle : se traduit par l'expression « il est spécial ! »

« Fichtre ! Tu m'en diras tant... »

C'en était une drôle d'affaire ! Mais Lulu dit à Mathieu :

« On a tous été titularisés avant la fermeture, je m'en fais pas trop, je serai peut-être replacé ailleurs ».

« Ah bon... Alors ça va. Et pourquoi il te parle plus ton père ? »

« Il dit que c'est à cause de moi que la banque a fait faillite ».

Il y allait quand même un peu fort le père !... Et puis...

Antoine se mit à savourer avec fierté ce qu'il allait dire :

Lulu a été replacé dans une nouvelle banque, toute neuve, la Société Marseillaise de Crédit, rue de la République. Il y a passé 40 ans et a terminé sa carrière dans les bureaux de la direction.

Il a fini sa vie en ville, au sec, dans un appartement tout neuf de la rue des Roitelets.

Hélène blêmit.

— Bon ! J'ai fini Margot. Je vous laisse, ça m'a fait du bien de parler, je me sens transformé. Rien que pour ça, en janvier pour la saint Antoine, j'irai mettre une truffe dans le panier de la quête à la *messe des truffes* à

Richerenches, comme ils font, ceux de la Confrérie du Diamant Noir[37]. Ça me portera bonheur. Qu'est-ce que tu en penses Margot ?

— Fais les choses comme tu les sens, répondit-elle en soupirant.

— Ouais, cet hiver, je sais où aller creuser… Depuis que mon chien s'est fait manger la langue par les chenilles, il n'a plus de flair. J'ai du mal à me baisser à cause de mon dos mais ça vaut bien un sacrifice non ? *Adessias*[38] Margot.

— *Adessias.*

Hélène était restée figée, le regard fixe. Margot accompagna Antoine jusque sous la tonnelle pour l'encourager à s'en aller. Quand elle revint, Hélène livide n'avait toujours pas bougé.

— Qu'est-ce que tu as ? Lui demanda Margot en la voyant soudain si pale.

— Rien… Enfin si… Un trouble affreux… Mon voisin de palier s'appelait Lucien, c'était un ancien de la banque, de la Société Marseillaise de Crédit… Et dans la rue des Roitelets, d'immeuble neuf, il y en a qu'un.

---

[37] La confrérie du Diamant Noir : Confrérie gastronomique qui regroupe les trufficulteurs du Sud Est et du Sud-Ouest de la France ; le siège social est à Richerenches, capitale de la truffe de qualité.
[38] Adessias : au revoir.

— Allons bon !... Le frère d'Antoine, Lulu ? Il s'agirait de ton voisin de palier ?

— Oui, j'en suis sûre.

— Quelle coïncidence !...

Le silence qui s'installa contribua à les désorienter un peu plus. Margot reprit la parole comme pour exorciser la confusion.

— Je connais quelqu'un qui m'est cher... Très cher... insista Margot comme pour tendre une perche à sa nièce. Et, il dit que les choses ne sont jamais mauvaises, que seule peut l'être la façon dont on y pense.

— Cette personne qui dit ça, je la connais aussi ? interrompit Hélène qui saisit tout de suite la perche.

— Oui, je crois que tu la connais depuis peu... C'était prévu que tu la rencontres.

— Prévu ?

— Oui ma fille !... Je vais tout t'expliquer, il est temps... Je l'aurais fait avant si Chantal n'avait pas embrouillé les choses avec ses intrigues de *pestouille*[39]. Mais inutile de te dire que tout cela doit rester entre nous !... Je te fais confiance, tu as toujours été une carpe. Je suis âgée et cette personne aussi. Pour nous, c'est l'heure de transmettre le patrimoine. Je n'ai que toi, alors je vais bientôt faire le nécessaire pour te léguer la maison

---

[39] Pestouille : petite peste

et les bois, dès le mois de septembre j'irai voir le notaire. Même si ça ne vaut pas grand-chose, ce sera sur ton nom et tu auras un souvenir de moi plus tard. Lui en bas, il tient à te transmettre des paroles, il n'a rien d'autre mais, c'est déjà beaucoup.

Voilà... Je crois qu'il aimerait que tu ailles lui rendre visite dans le souterrain, je sais qu'il aimerait te parler. Mais si tu ne comprends rien à ce qu'il raconte, ce n'est pas grave ! On ne va pas en faire une histoire d'état... C'est sa raison de vivre, il faut la respecter, comprends-le !

— Oui, bien sûr. Je te remercie pour tout... Comment s'appelle-t-il ?

— Il n'a pas de nom. Il ne veut pas qu'on le nomme.

— Décidemment, c'est une manie !

— Tu peux l'appeler Jean par commodité si tu veux, il a perdu son nom de moine et aussi son nom de baptême, qui était Pierre, je crois... Mais comme il mélange ses recherches gnostiques avec les personnages bibliques, j'y perds mon latin moi aussi, mais ce n'est pas important. Il dit que la transformation ne commence que lorsque nous explorons notre mental avec le cœur.

— Quelle transformation ?

— Celle dont il va te parler, je suppose.

Hélène avait une question brûlante.

— Où l'as-tu donc rencontré ?

— Dans un fossé au bord du chemin. Je ramassais de l'armoise pour la mère Gertrude qui en était à son huitième. Quand le curé m'a surprise, il était en compagnie d'un moine cueilleur qui cherchait la Pierre Philosophale en dehors du dogme et à sa manière. J'ai su après qu'il avait fugué de son monastère. Le curé me chercha des noises en voyant l'armoise et le moine prit ma défense, ce qui entraîna une polémique sans fin avec des répercussions à l'infini... Je t'ai déjà dit qu'il était fou le curé !... Tout ça, c'est à cause du père Louis qui a engrossé sa femme une fois de trop, et c'est ma vie à moi qui a basculé. Mais avec le recul, si c'était à refaire je recommencerais.

— Qui est le père Louis ?

— C'était le mari de Gertrude

Hélène resta songeuse un instant.

— Et après ?...

— Après quoi ?

— Comment le moine a atterri ici ?

— Nous avons fait connaissance. Ensuite, il m'avait demandé de l'aider à réceptionner des livres qu'un Hollandais envoyait régulièrement en poste restante... Et puis... Nous nous sommes attachés l'un à l'autre... Une histoire d'amour qui a duré la moitié d'une vie. Plus tard, il a trouvé sa pierre alchimique, et moi je n'ai jamais rien regretté de toute façon.

Margot se leva, son ouïe fine avait perçu le bruit lointain d'un véhicule qui se garait.

— Je crois que nous n'aurons pas de pain frais aujourd'hui. C'est encore quelqu'un qui arrive.

Chantal, Lionel et leurs enfants s'avancèrent vers la maison de Margot qui ouvrit grande sa porte pour les accueillir.

— Bonjour, entrez. Oui je vais bien, je n'avais même pas besoin d'aller à l'hôpital. Oui bien sûr, c'était une précaution… Installez-vous à l'intérieur, il fait trop chaud dehors.

Lionel se montra complice le temps d'un éclair furtif qui brilla dans ses yeux au moment où il embrassa Hélène sur les deux joues. Chantal s'avança pour faire de même, la fixité de son regard démentait son attitude amicale. Avec un air soudain pincé, elle s'adressa à Hélène.

— Alors ! Tu as passé la nuit dernière avec mon mari ?

— Oui, et puis ça a été chaud !... Euh… Je veux dire qu'on a eu chaud… On a eu peur quoi !

Margot tourna la tête vers sa nièce en la regardant comme si elle avait dit une ânerie. Gênée, Hélène chassa la nécessité d'une justification d'un haussement d'épaules, et la discussion sur le feu de forêt alimenta la conversation jusqu'au départ des Parisiens.

VII

Hélène caressait le chat qui s'était lové sur ses genoux. Bercée par une impuissance douloureuse, ses contradictions peuplées de peurs semblaient vouloir l'user comme pour la désarmer. Renoncer à Lionel, c'était arrêter de prendre à son compte le désir des autres, se libérer du sentiment inconfortable d'être divisée, et se soustraire du jugement arbitraire qui la faisait souffrir. Quidam se dégagea de son étreinte et sauta d'un bond vers l'entrée de la cave en miaulant. Hélène comprit la demande de l'animal qui réclamait l'ouverture de la porte afin de rejoindre le maître du souterrain. Elle réalisa que ce chat la guidait vers un apaisement de ses tourments existentiels ; elle ressentait le besoin d'aller écouter le moine. Elle ne comprenait pas la moitié de ce qu'il lui racontait, mais le rayonnement du vieillard soufflait imperceptiblement comme une brise fraîche sur la brûlure de sa solitude.

— Tu sais Hélène... lui dit-il, celui qui ne possède pas encore la conscience révélatrice de soi et du monde continue à chercher la réalisation de ses désirs. Ce n'est pas une mauvaise chose en soi. Ce que je veux dire, c'est que désirer les satisfactions terrestres et continuer à poursuivre les biens de ce monde est réjouissant, mais ces prétendus biens disparaîtront comme un mirage et laisseront la place à l'affliction. Tout dans ce monde n'est qu'illusion et apporte la souffrance. C'est une tragédie sans nom. Cette poursuite de désillusions se répète pendant de longues années, et il est bien sûr nécessaire de l'expérimenter pour en comprendre le sens. Elle occupe des vies entières, jusqu'au jour où, à la suite d'expériences douloureuses incessantes, la connaissance de la Vraie Nature arrive enfin à percer dans la conscience. Cette Autre Réalité, est pourtant présente dans notre existence et on peut en découvrir la trace. Et, si nous l'admettons, nous pouvons la mettre à l'épreuve concrètement afin d'éviter de nouvelles illusions et par là même, de nouvelles souffrances. Le Christ est une réalité logique et supérieure et non un personnage historique ! Cette réalité est un champ de rayonnements qui se trouve au cœur du monde et qui vient vers nous à chaque instant. Mais il faut pouvoir en digérer la puissance, qui bien souvent, brise notre être inférieur et par conséquent notre personnalité. Nous avons besoin de nous transformer pour aider ce processus libérateur à faire son œuvre, et c'est urgent car le monde est en péril. Je ne sais pas si tu as remarqué que depuis ton arrivée chez Margot, des choses ont changé en toi ?

— Oui, je m'en suis rendu compte, j'ai moins peur.

Hélène réalisa soudain que cette étrange métamorphose remontait à la découverte de la présence du moine dans le souterrain.

— La peur est l'arme dont se sert le monstre des abîmes ! Pouvoir s'en libérer revient à se libérer de tout. Mais ne jugeons pas le monde selon les apparences. La logique ordinaire est incapable de remonter jusqu'aux causes. Il faut une conscience ésotérique affinée, connaître la structure du monde invisible où se tiennent les hauts conseils décisionnels des maîtres de la Terre et bien connaître l'histoire occulte du monde. N'oublie jamais que plusieurs civilisations archaïques ont précédé nos époques. Chaque civilisation a généré des hiérarchies d'entités rétrogrades qui parasitent toujours la sphère invisible de l'au-delà. Leurs égrégores se partagent le pouvoir et vampirisent les systèmes énergétiques de l'homme, et en particulier la précieuse essence extraite de l'âme humaine. Car c'est surtout elle, qui leur permet de se maintenir dans la sphère invisible qui entoure la terre. Il existe une véritable centrale énergétique qui pompe les émotions et la pensée collective de l'humanité. Tant qu'on ne comprend pas ce système de vampirisation énergétique de l'humain à partir des plans invisibles, on ne comprend rien à la politique du monde.

Il faut trouver la porte pour s'échapper de cette contrée. Elle est en soi. Une recherche qui s'apparente à un chantier titanesque. Mais d'autres, avant nous, y sont

parvenus et ils ont laissés leurs traces afin de nous facili-
ter le chemin vers cette libération définitive.

Pour en revenir à toi, méfie-toi que le désir de Lionel
ne s'enflamme pas bien au-delà de sa réserve apparente.
Tes aspirations sont plus spiritualisées que passionnelles,
mais tu es naïve, cela peut te jouer des tours. Lui, il
cherche un échappatoire au carcan de sa relation de
couple. Il est pourtant sincère. Son désir pour toi risque
de s'accroître, car tout ce qu'on opprime prend de la
force. Ce n'est encore qu'un effet compensatoire. Mais tu
le comprendras toute seule…

— Lionel ? Vous ne le connaissez même pas !

— Tout ce qui existe aspire à la réunion ! C'est une
loi qui est la conséquence de la séparation d'avec l'Unité,
pourtant seule la séparation a rendu la connaissance de
cette loi possible. Le monde doit se composer de Bien et
de Mal, sinon il serait inexistant car pas reconnaissable.
Tu comprends ?

— Non, rien du tout.

— Ce n'est pas grave, je ne m'adresse pas à ton mental. Chaque être vivant cherche sa moitié complémentaire
pour s'y unir à nouveau. Le masculin cherche le féminin
et inversement. As-tu compris ça ? Hi, hi… Je me moque
de toi, pardonne-moi, mais tu me fais rire. Tu es tellement naïve ! On a perdu cette naïveté de nos jours. Ne
m'en veux pas. C'est parce que tu es comme tu es, que je

te parle de tout cela, sinon tu penses bien que personne ne m'écouterait. La sensibilité qui t'a tant fait souffrir, te réserve bien des trésors à venir, et « *ce qu'on te reproche, cultive-le, c'est toi* »[40] !

Il me faut ce soir, tailler mes chrysanthèmes. Si tu savais comme ils sont beaux, quand ils fleurissent à l'automne ; ils sont de toutes les couleurs, du jaune vif au mordoré en passant par des teintes dégradées merveilleuses.

— Pourquoi fleurissez-vous une croix puisque vous êtes sorti du dogme ?

Par-dessus ses lunettes cerclées, le regard du moine prit une profondeur soudaine. Ses yeux d'un bleu limpide reflétaient un éclat translucide.

— C'est pour me rappeler à moi-même que je suis cloué à la croix de cette nature de la mort, celle du Bien et du Mal. Mais sans cela, Dieu serait introuvable. Sans cette aspiration à la réunion des deux moitiés complémentaires, la vie dans la matière n'existerait pas. La création n'est toujours qu'une moitié du Tout, celle qui est séparée de l'Unité et qui, par comparaison est devenue reconnaissable, alors que son autre moitié complémentaire est restée non manifestée. La nature utilise cette aspiration à l'Unité en la projetant dans le corps sous la forme de la force sexuelle. Tout ça pour te dire que tu ne

---

[40] Jean Cocteau.

peux jamais trouver Dieu dans le monde créé, car Dieu n'a pas de moitié complémentaire avec laquelle on pourrait le comparer. Tu ne peux le comparer à quoi que ce soit. Il n'existe aucune possibilité de le reconnaître ; tu ne peux qu'être Dieu.

Perplexe, Hélène fixait le moine en se demandant si la retraite prolongée du vieillard au fond de la cave n'avait pas altéré ses facultés mentales. Silencieuse, elle finit par mettre la main sur son front et se frotta la racine des cheveux.

— Je ne veux pas te donner mal à la tête, oublie tout ça ! Je te remercie de m'avoir écouté, emmène le chat et reviens me voir. Si tu en as envie seulement !

*

Pendant ce temps, Lionel roulait comme un fou en voiture vers la propriété de Margot. Il déboucha bientôt dans le chemin de buis, abandonna sa voiture au bord de l'escalier de pierres face au vallon et se dirigea vers le logis d'un pas décidé.

— Qu'est-ce qu'il t'arrive ? lui demanda la tante, surprise de son empressement.

— Je voudrais voir Hélène.

— Ne bouge pas d'ici, je l'ai envoyée à la cave pour ranger des bocaux de coulis de tomates. Je vais la chercher. Attends-moi ! Je reviens.

Margot s'éloigna, puis, curieuse, se retourna vers lui afin d'essayer de saisir le sens de sa nervosité. Sur ces entrefaites, la porte de la cave s'ouvrit et Hélène apparut.

— Ah te voilà... J'allais te chercher. Lionel veut te voir, lança-t-elle évasive et distante comme pour banaliser la précipitation du Parisien dont elle surveillait l'attitude agitée du coin de l'œil.

Le visage grave, Lionel sortit de la maison en compagnie d'Hélène et ils s'en allèrent silencieux vers le ruisseau. Comme un rituel resurgissant du passé, ils empruntèrent comme autrefois un sentier connu d'eux seuls. Une plage de limon entre les branchages dévoilait un trou d'eau qui avait abrité jadis leurs baignades d'enfants innocents.

— Regarde ! C'est devenu étroit et minuscule, s'exclama-t-elle avec joie comme pour dissoudre la tension nerveuse qui émanait de Lionel.

Avec une précipitation mal contenue, il s'exprima alors sans détour.

— Il faut que je te parle ! C'est important. Chantal veut que nous rentrions à Paris dès demain. Si tu me le demandes, je reste.

Il chercha un appui dans les yeux d'Hélène mais n'y croisa qu'un éclair de panique.

— Tu es fou ! C'est impossible. Je me sens incapable de gérer une histoire pareille, je suis désolée Lionel...

— C'est tout ce que je voulais savoir. Merci pour ta franchise, dit-il déçu.

Ils restèrent un moment silencieux en proie à une confusion partagée. Une brise rafraîchissante aux senteurs de bois brûlé les enveloppa de son souffle. Lionel s'exprima alors spontanément comme pour se libérer d'un poids émotionnel trop longtemps contenu.

— Chantal me harcèle en permanence, cela fait des mois que ça dure. Elle me fait peur, par moment elle devient folle, après elle pleure, et avec les enfants au milieu, je fais le tampon, je n'en peux plus... Je dois m'en aller, elle m'attend, je t'appelle demain pour te dire au revoir.

— Pars vite, et bonne chance !

Triste mais soulagée, Hélène le laissa s'éloigner. Elle venait de prendre une sage décision et réalisa que le moine l'avait bien aidée. Elle quitta son abri en suivant le bord du ruisseau jusqu'au pont de bois qui débouchait dans une vaste prairie cernée de peupliers. Au printemps, s'étalait le vaste tapis fleuri des cyclamens sauvages. En traversant le pont, elle songea qu'elle venait de changer de département pour se retrouver dans l'Enclave des

Papes vauclusienne, siège de tant de conflits. Une ironie de l'Histoire qui lui rappela combien peuvent être futiles les plus grandes agitations.

Antoine, la mine éclairée par un large sourire, l'avait aperçue de loin et accourait en boitant. Il dégageait toujours le même élan caractéristique de son besoin de reconnaissance. Elle traversa alors le pont en sens inverse pour rejoindre la Drôme Provençale, un jeu d'enfant territorial de quelques pas qui l'avait toujours amusée, et partit à la rencontre d'Antoine.

— Bonjour mademoiselle Hélène, je vous cherche ! Margot m'a dit que vous étiez par là. C'est parce que j'ai un petit service à vous demander. Est-ce que je peux vous confier une enveloppe à remettre à quelqu'un quand vous rentrerez chez vous ? C'est pas urgent !

Hélène acquiesça et Antoine poursuivit.

Je n'ai plus le droit de faire des chèques, alors j'ai mis de l'argent liquide dedans, c'est pour payer la messe d'enterrement de mon frère Lulu. Il faudrait remettre l'enveloppe à l'aumônerie à Orange, ça m'éviterait d'y aller exprès, et ça me rend bien service. Si vous savez comme je suis content ! Il a eu une belle messe à la cathédrale Notre-Dame. Maintenant, c'est certain, il est monté au ciel direct. Et puis… Euh… J'ai fait un discours dans l'église. C'est le jeune prêtre, un Africain, noir, c'est lui qui me l'avait écrit la veille sur un morceau de papier. J'ai parlé de Lulu dans le micro devant toute l'église. Heureusement qu'il n'y avait personne, juste les deux premiers rangs. Sinon ça m'aurait trop intimidé et j'aurai pas pu. Mais j'ai lu le papier, et mon frère il m'a entendu ! C'est une chance que je me sois entraîné à raconter sa vie avec vous et Margot l'autre matin, parce que le jeune prêtre m'a fait recommencer, mais il n'a pas tout écrit, c'était trop long. Il a su juste trouver les bons mots qu'il fallait pour faire émouvoir tout le monde. Il est bien cet Africain !... C'est que la veille, les prêtres m'avaient reçu chez eux, derrière la cathédrale. Ils sont drôlement bien installés ! Dans de beaux bureaux ! Le plus âgé, il est venu me voir quand il a su que j'habitais à Colonzelle. Il m'a parlé de notre ancien curé disparu. Parce que cette histoire ! Elle avait fait du bruit à l'époque !... Il m'a dit qu'il s'agissait d'un meurtre, paraîtrait-il.

— Mais, il a été placé à l'asile, dit Hélène.

— C'est ce que je lui ai dit. Mais il parait que c'est pas vrai. Parce qu'ils ont retrouvé du sang chez lui comme si on avait égorgé un cochon, hallal ! Et des traces montraient que son corps avait été traîné par terre. Paix à son âme. N'en parlons plus. Je n'ai pas cherché à écouter cette vieille histoire parce qu'elle a fait trop de mal. Il n'était pas tellement en odeur de sainteté notre curé, alors il y a eu des racontars sur les uns et sur les autres à n'en plus finir. À un moment donné, chaque habitant, de tous les villages alentour, a été accusé de l'avoir kidnappé. La seule chose vraie, c'est qu'on ne l'a jamais retrouvé. Dites, Hélène ! Je pourrais vous montrer le discours de l'Africain que j'ai lu à la messe ? Il parle de la Société Marseillaise de Crédit, la banque de mon frère.

— Oui, oui, bien sûr, répondit-t-elle.

— Ah, merci. Je suis fier de lui, le *caganis* …

Antoine s'essuya une larme au coin de l'œil et repartit vers la maison de Margot. Songeuse, Hélène laissa errer ses pas à travers la campagne avant de revenir dans la direction de l'ancienne serre encombrée de bric à brac de toutes sortes, et qui lui fit penser à son cerveau rempli de données nouvelles. Les oiseaux s'étaient tus et les insectes semblaient s'être endormis sous l'effet de la chaleur accablante. L'odeur des arbres calcinés par l'incendie récent avait modifié les senteurs de l'été. Des particules de cendres recouvraient le sol par endroits comme des vagues lunaires. Elle passa devant un figuier qui prenait racine contre un morceau de muraille basse sortant du sol ; les fameuses ruines des antiques fondations. Quidam était allongé sur des feuilles sèches, étendu de tout son long sous la chaleur harassante. Elle s'accroupit et offrit la paume de sa main, le chat y posa le nez un instant avant de reprendre sa position léthargique. Hélène s'allongea alors dans l'herbe sèche, la tête tournée vers l'animal et elle lui tendit sa main ouverte en la posant sur le sol. Détendue, elle ne bougea plus et ferma les yeux. Ses pensées la ramenaient vers Lionel qui cherchait de toute évidence à retrouver le bonheur perdu de son enfance.

Elle faisait certainement partie du décor, elle aussi. Au même titre que les peupliers qui bordaient le vallon, ou l'odeur âcre du limon des berges du *Rieussec* qui avait immortalisé leurs premiers émois ; une piqûre de rappel qui resurgissait de l'oubli. Un sentiment amer l'envahit. Elle ressentit le besoin de reprocher à Lionel ce qu'elle se pardonnait à elle-même. Elle en prit conscience et amorça une reddition complète de sa rancune. À ce moment précis, la patte de velours de Quidam se posa au creux de sa main. Elle ne bougea pas, les yeux toujours clos afin de savourer le réconfort que cet instant particulier lui accordait, comme une approbation vers un peu plus de raison. Une vague d'amour pour ce chat vibra en son cœur et se propagea le long de son bras en une vibration subtile, jusqu'à la patte de Quidam qui frémit dans le creux de sa main.

L'image des yeux mouillés d'Antoine traversa son esprit engourdi pour se mêler à l'air brûlant qui l'écrasait au sol. Les dernières paroles du jardinier résonnèrent dans sa tête et la vision de traînées de sang sur un sol opalescent surgit dans sa pensée. En cet instant, elle sentit la patte de Quidam sortir les griffes dans sa paume et pincer sa chair. Hélène resta immobile en se demandant soudain ce qu'elle faisait allongée sur ce morceau de terre sèche par une température pareille ?

Mais l'histoire que venait de lui rapporter Antoine concernant le curé disparu la troubla de nouveau. La seule personne disposée à aborder ce sujet tabou semblait être Chantal et le moment était mal choisi pour aller lui parler. Elle sentit soudain les griffes de Quidam pénétrer dans le creux de sa main et elle eut mal. C'est alors qu'elle se demanda si les réactions étranges du chat n'étaient pas en rapport avec les pensées qui l'animaient ? Attentive, elle surveilla un instant tout ce qui lui passait par la tête. Afin de tester le phénomène, elle essaya de provoquer volontairement des images précises. Hélène imagina alors la scène du crime dont lui avait parlé Antoine. Et immédiatement les griffes s'enfoncèrent dans la paume de sa main. Elle serra les dents sous l'effet de la douleur, et choisit de tourner sa pensée vers les écureuils assoiffés trouvant une flaque d'eau claire dans le lit du ruisseau. C'est alors que les coussinets de la patte du chat redevinrent comme un velours soyeux. Elle joua un moment à provoquer les réactions de l'animal en orientant ses pensées puis se lassa de cet amusement. Elle ne trouva pourtant rien de particulièrement extraordinaire à ce que Quidam réagisse de la sorte : il était sensible comme elle. De nouveau saisie par ses préoccupations, elle se laissa emporter par ses réflexions.

L'histoire embrouillée et contradictoire de la disparition de l'ancien curé la préoccupa soudain plus que de mesure. Elle imagina alors que le moine retenait peut-être des informations secrètes et inavouables et, aïe !... Les griffes du chat venaient de s'enfoncer dans sa chair. Elle retira sa main d'un geste vif et ouvrit des yeux pleins de reproches. Le regard vert émeraude de Quidam l'observait étrangement. Elle amorça un mouvement de recul, puis s'arracha à la chaleur accablante en se relevant lestement, et partit rejoindre la fraîcheur de la maison.

Dans la cuisine, Margot était en train de ranger la vaisselle, Hélène ouvrit le robinet de l'évier et laissa couler l'eau froide entres ses doigts.

— Tu saignes ? Tu t'es blessée ? demanda la tante.

— C'est le chat qui m'a griffée.

— C'est bizarre, il n'a encore jamais griffé personne ! Désinfecte à l'eau de vie, je n'ai plus d'alcool.

— Pourtant je ne lui ai rien fait… justifia Hélène désappointée. J'étais allongée à côté de lui, près des ruines sous le figuier. Je ne sais pas ce qui lui a pris ? Et puis après m'avoir griffée, il m'a fixée dans les yeux avec un regard presque humain, ça m'a presque effrayée sur le coup.

Le plat que Margot tenait en main lui échappa et tomba sur le sol en se brisant en plusieurs morceaux. Elle justifia immédiatement sa maladresse comme pour détourner le sujet de la conversation.

— Je ne supporte plus cette grosse chaleur. Je suis épuisée et je n'arrive pas à rester sans rien faire. Et toi ! Tu ne devrais pas rester dehors ainsi, il doit faire 40 degrés à l'ombre, c'est de la folie pure !

— Tu as raison, je vais descendre me rafraîchir dans le souterrain et dire au revoir au moine par la même occasion, car demain il faut que je sois chez moi.

Hélène aida Margot à ramasser les débris en silence avant de prendre le chemin de la cave. Malgré la température agréable qui régnait sous la maison, le vieillard avait l'air de souffrir lui aussi de la canicule, mais cela ne lui avait pas pour autant enlevée la parole.

— Tu sais Hélène, dit-il. Une certaine connaissance nous offre de nouveaux niveaux d'indépendance, et à la fin nous pouvons devenir des hommes libres. Libre des entraves de la survie, de la peur de disparaître.

Le moine leva le doigt vers le plafond.

— Il faut pour cela, un regard sur soi-même d'une implacable honnêteté ! Un comportement adulte ! Et cela nécessite un minimum de discipline. Te souviens-tu Hélène ? L'autre jour, je t'ai dit que tout ce qui est terrestre dans le monde naturel est composé de Bien et de Mal. C'est la condition *sine qua non* de l'aspiration à la recherche de Dieu. Le Bien et le Mal ne forment que la moitié manifestée de l'Unité... Ce qui revient à dire que si l'homme n'avait pas eu peur du Diable, il n'aurait jamais recherché Dieu. Il faut avoir fait le tour de cette moitié infernale pour le comprendre. Ça veut aussi dire que nos corps dans cette vie ne sont que la conséquence de la séparation, c'est-à-dire seulement la partie visible de nos êtres véritables. L'autre moitié est restée dans notre partie inconsciente. Si tu réunis ces deux moitiés complémentaires, tu peux retrouver l'unité divine. Pourtant, on ne peut qu'élargir notre conscience jusqu'à éclairer notre inconscient où se cache la partie non manifestée de notre être. Tant que tu cherches ton autre moitié à l'extérieur, tu ne trouveras jamais l'Unité, car ta moitié complémentaire n'est pas séparée de toi, mais bien en toi, dans la partie endormie de ton être. Mais aucun discours de ce genre ne peut apporter de certitude à quiconque, tout repose sur l'expérience. Ne cherche pas à t'encombrer le mental avec ce que je te raconte, l'essentiel te reviendra au moment juste, sur le chemin de tes expériences dans cette nature, celle où le Bien et le Mal sont inséparables et jouent ensemble à stimuler notre aspiration unique et authentique. Margot m'a dit que tu repartais en fin d'après-midi ?

— Oui... Il faut que je rentre chez moi, j'ai à faire. J'aimerais vous prendre un peu de menthe, pour emporter.

— Bien sûr ma fille et va donc sentir la verveine citronnée ! Tu peux en ramasser, et prends aussi de la sauge ! Tu sais comment il faut faire avec la sauge ? Tu la fais sécher et tu la brûles dans une coupelle en terre cuite, sa fumée chasse les mauvais esprits.

Souriante de ce qu'elle prit pour une plaisanterie, Hélène s'avança vers le jardin miniature pour mettre son nez dans les herbes aromatiques. Accroupie sur le sol, elle huma les essences aux parfums délicats avec un air inspiré plein de vénération.

— Attends ! Je vais te chercher un panier, tu peux prendre tout ce qui te fait plaisir, lui dit le vieil homme.

Elle avait déjà posé les pieds délicatement entres les chrysanthèmes pour regarder s'il était possible d'en prélever un plan. Elle écartait le feuillage dru avec précaution quand une pierre plate attira son attention. Sa main en frotta la surface négligemment afin de dégager la terre de bruyère incrustée, une inscription attira son attention, un mot apparut : asile.

En cet instant précis, Hélène fut saisie par un trouble aigu, et c'est alors, sans qu'elle pût d'emblée en prendre conscience, que tout bascula ; elle sentit une angoisse étrangère monter en elle comme si l'âme tourmentée d'un mort rôdait. Elle se releva comme un ressort, face à la croix arrogante et inflexible qui la toisait. Elle fit alors volte-face et se retrouva nez à nez avec le moine qui lui tendait un panier en osier.

— Je te préparerai un pot de chrysanthème, on ne peut pas les repiquer comme ça, c'est un art délicat.

Silencieuse, elle s'en alla cueillir, menthe, thym, romarin, estragon et ramassa une quantité importante de sauge. En se relevant, un vertige lui fit perdre l'équilibre et elle se ressaisit de justesse. Elle eut soudain envie de quitter le moine dont les yeux translucides semblaient percevoir les choses au-delà du visible. Elle sentit le regard clair la sonder comme s'il cherchait à démasquer l'origine du trouble déstabilisant qui l'animait.

— Tu sais Hélène, depuis les philosophes Grecs, il semblerait que nous n'avons plus rien appris. Nous comprenons la structure de la vie, nous savons ce qu'est la démocratie, mais finalement nous sommes restés des barbares. C'est toujours la même violence… Qu'elle soit historique, sociale, religieuse, ou bien dans la plus profonde intimité du plus vulnérable d'entre nous, c'est toujours la même guerre et la même violence. C'est la nature des hommes et la poursuite de leurs désirs insensés qui veut ça.

Ces dernières paroles du moine étaient-elles un semi aveu ? Une justification liée à ce qu'elle pensait avoir découvert ; le curé disparu avait été déplacé à l'asile… Cet asile pouvait-il être une tombe, située au pied d'une croix, dans un jardin invisible entouré de murailles ?

Tout en prenant congé du vieil homme, l'esprit d'Hélène parcourait plusieurs pistes à la fois, sa sensation de vertige se transformait en ivresse, et son humilité en exaltation.

VIII

Durant le trajet qui la ramenait chez elle, Hélène réalisa que son séjour chez Margot avait en partie transformé sa façon d'être. Elle était installée dans une confiance paisible et un sentiment de sécurité semblait la porter. Pourtant, au moment même où elle touchait à la réalisation de son aspiration la plus chère, une énergie nouvelle semblait la pousser à mettre en danger cet équilibre précaire. Un éveil dangereux et exaltant pointait son nez. Le désir puissant de dépasser les limites que sa nature fragile lui avait toujours imposées la bousculait comme une incitation qui revendiquait l'affirmation.

Utiliser ces nouvelles données pour se lancer à la conquête d'expériences nouvelles semblait contraire à ses choix les plus sacrés, ce qui la précipitait dans une pénible ambigüité.

L'air ambiant s'était assaini devant l'immeuble coquet de la rue des Roitelets. Hélène s'engagea vers le premier étage, vivifiée par un parfum de pomme verte qui flottait dans l'escalier. Elle venait à peine de refermer sa porte que quelqu'un frappait déjà discrètement. Saisie l'espace d'un éclair par le rappel d'un mauvais souvenir, elle ouvrit vivement, prête à bondir. Un homme charmant, d'une quarantaine d'années, se trouvait devant elle. Surpris par tant de vigueur, il s'excusa de déranger:

— Je suis votre nouveau voisin de palier. J'ai emménagé la semaine dernière et je cherche le compteur d'eau ?

Vigilante, Hélène traversa le palier en sa compagnie et pénétra pour la première fois dans l'appartement voisin avec une curiosité non dissimulée. Une odeur de peinture fraîche se dégageait et le carrelage était neuf.

— Mais, tout a été refait ! s'exclama-t-elle.

— Je n'ai pas connu avant. J'aurais aimé quelque chose de plus grand, mais pour moi tout seul ça fera l'affaire. Il est devenu très difficile de se loger et j'ai eu un mal fou à trouver un appartement. Mutation professionnelle de dernière minute, il faut s'adapter de nos jours…

Quand Hélène apprit que son nouveau voisin travaillait dans une banque, elle fit une tête suffisamment drôle pour qu'il s'en aperçoive. La pensée qu'il soit lui aussi employé à la Société Marseillaise de Crédit l'effleura comme une égratignure. Mais elle apprit aussitôt qu'il travaillait au Crédit du Nord. Pour justifier son trouble, elle afficha une moue dubitative pour mettre en évidence qu'elle percevait clairement les difficultés d'implantation d'une banque du Nord dans le Sud, et elle s'exprima à ce sujet.

Le fait de se trouver de ce côté-ci du palier raviva un malaise profond. En proie à un effet de retour sur image concernant son ancien voisin décédé, Hélène resta songeuse et fit quelques pas dans l'appartement. Si bien que le nouvel arrivant l'invita à s'asseoir et lui offrit un verre. Elle accepta l'invitation comme pour exorciser d'anciennes appréhensions et s'imprégner de l'énergie nouvelle qui désormais se dégageait du lieu.

Hélène, réputée peu bavarde ou « muette comme une carpe », éprouva le besoin de parler bêtement pour ne rien dire. Une prise de risques qu'elle ne s'était jamais autorisée jusqu'alors.

Elle parla avec une grande distance de l'ancien locataire. Le présenta comme ayant été un des pionniers de la Marseillaise de Crédit à l'époque reculé de la banque *Bonnasse*. Le besoin de nettoyer sa mémoire de cette histoire l'amenait, malgré elle, à s'en rapprocher de nouveau. Au bout d'un moment, elle réalisa pleinement qu'elle se retrouvait sur le lieu de la métamorphose abjecte dont le produit final brut l'avait complètement traumatisé. Sans s'en rendre compte, elle se mit à promener son regard sur le sol, si bien que le nouveau voisin lui demanda si elle avait perdu quelque chose… Elle dévia le sujet de la conversation en précisant que le pionnier de la

SMC était originaire de Caderousse ; un village entouré de digues qui se trouve sur la rive gauche du Rhône. Hélène poursuivait ses propos avec une diction rapide comme si elle avait besoin de se débarrasser de quelque chose d'encombrant. Elle précisa alors, sans savoir pourquoi, que pendant des siècles ce village était resté isolé au fond des terres inondables. Elle expliqua qu'il avait été jadis une presqu'ile entre deux cours d'eau ; le Rhône et l'Aygue et, qu'un jour, l'Aygue changea de lit, comblé par les alluvions. Ainsi, cette presqu'ile s'était vue définitivement rattachée à la terre.

Le nouveau voisin l'interrompit.

— C'est drôle ce que vous me dites ! C'est exactement ce qu'il m'arrive. Je viens moi aussi de changer de lit, comblé par les alluvions. Je me vois désormais rattaché à une nouvelle terre par ma mutation.

Elle le regarda perplexe... Ce qu'elle racontait n'avait pas l'air de l'intéresser. Elle insista pour s'en persuader.

— De nos jours, le barrage sur le Rhône empêche les inondations.

— Ouf, merci, vous me rassurez ! dit-il en riant. Où est passé l'ancien locataire ? Je suis intéressé par des témoignages sur certains moments charnières dans l'histoire des agences locales. J'ai un travail en communication à mettre en place.

Hélène sentit une censure l'envahir, une boule se forma dans sa gorge, elle hésita à répondre. Une impulsion la poussa pourtant à dépasser ses résistances.

— Il s'appelait Lucien, il est décédé. Son histoire est à peine croyable quand on la replace dans le contexte actuel.

— Voyons, parlez m'en.

— C'est que... Euh... Bon, alors Lulu...

Quand Hélène traversa le palier en sens inverse pour rentrer chez elle, deux heures s'étaient écoulées. Son téléphone retentissait et la voix de Margot résonna dans le salon.

— Ça fait cinq fois que je t'appelle ! Mais où étais-tu passée ? Je me faisais un sang d'encre ! Qu'est-ce que tu as fabriqué ? Tu devais m'appeler en arrivant chez toi, j'ai cru que tu avais eu un accident de la route !

— J'étais chez mon nouveau voisin de palier ! Allo... Allo...

— .... Comment est-il ?

— Normal.

— Bon, ça va... Bonne nuit ma fille. Et Margot raccrocha.

*

131

Il n'y avait personne dans la cathédrale. Une musique de fond préenregistrée diffusait le son d'un orgue qui remplissait l'espace solennel d'une étrangeté paisible. Le temps de promener ses pas sur les dalles usées, de s'attarder sur les tableaux de maîtres qui ornaient les vastes chapelles latérales et Hélène se laissa envouter par la cathédrale Notre Dame. Enlacée par la fraîcheur ambiante aux odeurs de bougies et d'encens, elle eut l'impression agréable de voyager dans un pays inconnu. Elle alla s'asseoir sur un banc de bois sombre, au premier rang, devant l'autel. Des bouquets de fleurs de lys au parfum enivrant ornaient les bas-côtés d'un large escalier de pierre. Quiétude et tranquillité. Elle se posa au cœur d'elle-même et ne pensa à rien, pas longtemps, un petit instant qui lui permit pourtant d'atteindre un vide essentiel qui ressemblait à une plénitude. Le sens des paroles du moine s'éclaircissait : « le monde doit se composer de Bien et de Mal, sinon il serait inexistant car non reconnaissable. Le courant des opposés détient l'aspiration, qui est ce désir ardent à retrouver l'Unité ».

Soudain, une pensée obscure surgit dans son esprit, brisant de sa fulgurance son équilibre serein. Elle renifla… Se pouvait-il que l'asile où se trouvait le curé disparu, fut sous terre dans le jardin du moine au milieu des chrysanthèmes ?

Un mouvement parasite la fit s'agiter nerveusement et le banc grinça bruyamment en résonnant dans l'église.

Elle se cala sagement sur le siège en cherchant à retrouver le calme que sa pensée suspecte avait chassé. Un meurtre !... Et Margot ? Mêlée à tout ça ! Complice ? Une bouffée de chaleur la fit vibrer. Elle, qui n'était pourtant pas croyante, se leva pour aller brûler un cierge dans une chapelle latérale. Sait-on jamais...

Des dizaines de petites flammes dansaient dans des gobelets rouges sur un plateau en fer forgé en créant une vision dantesque. Des pics acérés s'élevaient à la verticale d'un plateau de fer noir et elle y empala, frémissante, un cierge blanc. Une allumette cracha une odeur de soufre qui lui monta aux narines. La flamme se mit à danser et elle fit un vœu païen sincère ; elle voulait la lumière sur cette disparition inquiétante qui la remplissait de doutes sur les agissements de sa tante et du moine.

En partant, elle croisa la statue de la Sainte Vierge, elle pensa à la mère d'Antoine et de Lulu.

Le soleil éblouissant inonda le parvis de la cathédrale, Hélène rejoignit la place du Cloître sur laquelle se trouvait l'aumônerie.

*

— C'est le climat qui fait les mentalités ! expliqua le prêtre. La vallée du Rhône, c'est un couloir, tout ne fait que passer. Quand il y a du mistral, ça passe tellement vite, qu'on n'a même pas le temps de voir ce qui passe ;

ce qui fait que les histoires ne s'agrippent pas à la mémoire des gens. On oublie plus vite qu'ailleurs ici. Dans l'Enclave des Papes et la Drôme provençale, c'est un peu différent ; le terroir est resté attaché à la terre et au passé. Certains cherchent encore le trésor des Templiers, c'est comme ça qu'ils ont dû découvrir les truffes... Le Père Basile lui, il était originaire du Sud-Ouest, il était né dans la Cité de Carcassonne, là où le vent d'Autan noir rend fou. Sa disparition est restée un mystère. Tout laisse croire qu'il avait découvert quelque chose qui dérangeait. Peut-être bien son souterrain maudit dans lequel s'entassait, prétendument, quelques trésors templiers convoités par tant d'autres. Superstitions !... C'est à cause du Pape Clément V et du roi de France Philippe le Bel qui ont fait massacrer les Templiers pour s'emparer de leurs richesses en 1314. C'est à croire que la malédiction de l'anathème jeté par *Jacques de Molay*, le dernier maître de l'Ordre du Temple, brûlé sur le bûcher, s'est perpétuée jusqu'à nos jours. Le père Basile croyait qu'un souterrain partait du milieu du « puits des Templiers » de Richerenches pour rejoindre un endroit mystérieux, où d'après lui, se cachaient des âmes maudites qui se seraient emparées d'un secret. Un secret capable de mettre en péril l'existence même de la religion ! Comme il disait...

Mais l'existence de ce souterrain n'a jamais été démontrée et le père Basile avait l'imagination fertile. C'est resté en suspens. Un moine a pourtant aussi disparu, à la même époque...

— Ça porte malheur d'être superstitieux. Le curé s'appelait donc Basile ?

Le vieux prêtre de l'aumônerie acquiesça et continua à fouiller dans un placard à la recherche d'un carnet à souche.

— Ce n'est pas moi qui me suis occupé de ce monsieur de Colonzelle mais, je me souviens très bien de lui. Il était très affecté par la mort de son frère. Je vais vous faire un reçu pour le paiement en espèce du service de la messe d'enterrement. Ah l'argent... C'est la crotte du diable, mais elle sert bien l'église.

— Vous pensez vraiment qu'il a été assassiné ?

— Qui ça ?

— Eh bien, le curé disparu de la Drôme.

— Personne ne le sait. Il faut dire qu'il était particulier le Père Basile... Très particulier.

— Il s'appelait donc Basile et on dit qu'il a été emmené à l'asile ?

— Non. Mais ça lui aurait peut-être sauvé la vie. Jeune, il était un adepte friand de batailles épiscopales, et ses discours étaient forts. Même ses silences écrasaient. Je ne sais pas bien ce qui s'est passé, en tout cas l'évêché d'Avignon l'a envoyé vers le diocèse de Valence. La colère l'a rongé, il cherchait un exutoire en imposant sa foi, il oscillait sans cesse entre ferveur et folie. Il cheminait à la poursuite de la conversion des païens. Il en voyait tellement partout que ça aurait pu l'occuper jusqu'à la fin de sa vie si seulement il avait su garder son calme, au lieu de crier à l'Antéchrist pour des broutilles. Son comportement variait en fonction d'une logique qui échappait au bon sens. Puis, une fois isolé au fond des terres de la Drôme, il s'était alors replongé dans l'Histoire du pays ; quand il s'est souvenu que les huguenots avaient saccagé l'église de Saint-Paul les Trois Châteaux en novembre 1541, il a commencé à vouloir s'en prendre aux Protestants. Mais dans la région, il n'y en avait pas. Et puis, par malheur on a retrouvé le corps de ce pauvre saisonnier d'Anduze qui n'avait fait de mal à personne.

— Il l'a tué ! s'exclama Hélène.

— Je n'ai pas dit ça ! Personne ne sait... C'est une ironie du sort, sûrement un meurtre paysan.

Après ça, le Père Basile s'était de nouveau intéressé à la Révolution Française. Parce que quand elle arriva dans les états pontificaux en 1791, ce fut l'anéantissement méthodique de toute vie religieuse et la promulgation d'une Constitution Civile du Clergé ; qui n'était autre qu'une église selon les normes de l'esprit révolutionnaire. Par la force, et de manière arbitraire, les révolutionnaires ont supprimé toutes les congrégations religieuses en les nommant « ennemis de la liberté ». Ici, à Orange, ils ont condamné 32 religieuses et 36 prêtres à la peine capitale après les avoir fait croupir à *Lou Cièri*[41] ; la prison de l'agonie. Tout ça nourrissait la rancœur du Père Basile, car il cherchait continuellement une justice en ce monde, en allant remuer le passé rempli d'injustices. C'était un comble ! Alors il sarclait en permanence la même terre, faite de conflits, de haine et de violence comme celles qui ont dramatiquement marqué l'Inquisition, la Révolution et encore le monde de nos jours. Chacun veut voir midi à sa porte et croit détenir la vérité, mais on cherche toujours Dieu...

— On peut toujours chercher, on ne peut pas le reconnaître.

— Qui ça ?

— Dieu.

— Tiens donc !

— Il n'est pas reconnaissable, parce qu'on ne peut le comparer à rien de tout ce que l'on connait. Il réside dans l'Unité, et nous, nous résidons dans la dualité. Ballottés que nous sommes entre le Bien et le Mal et les représentations que nous créons. On ne peut que trouver l'aspiration à l'Unité afin d'essayer de la réaliser en soi.

---

[41] Lou Cièri : le « cirque » en Provençal. Prison qui était située proche du Théâtre Antique d'Orange.

Hélène s'arrêta soudain de parler… Qu'est-ce qu'elle était en train de raconter ? Comment avait-elle fait pour retenir de tel propos ? Elle se recentra comme pour neutraliser ce qu'elle venait de dire.

— Et la disparition de ce Père Basile ? Vous avez dit à Antoine qu'on avait retrouvé du sang chez lui ?

— Vous êtes journaliste ?

— Non. Je suis, rien.

— C'est quoi rien ?

— C'est… rien, rien de spécial quoi… tout et rien.

— Oui, ça peut même faire beaucoup. Le sang ?... Certainement qu'il a dû se couper. Il devait avoir un traitement médical pour fluidifier le sang, comme moi. Et ça saigne abondamment ! Quand on se coupe.

Le prêtre adopta une distance prudente et ses paroles devinrent vagues et confuses comme pour effacer des propos incertains qui auraient pu lui échapper. Sa rigidité s'échouait parfois involontairement ; désinhibition imprévisible causée par son grand âge. Cette femme posait trop de questions et sa façon de parler de Dieu avait quelque chose de dissident qui écorchait sa rigueur dogmatique. Il se refugia derrière le prétexte de sa mémoire défaillante, déclina un discours fuyant qui alimenta des futilités et l'invita aimablement à prendre congé.

IX

À la fois proche et lointain, l'automne se profilait. Le coucher du soleil s'était fait plus précoce et une température clémente berçait les plus belles journées de la saison. Une période idéale pour rejoindre la campagne de Margot et profiter de la nature en mutation qui dévoilait de nouveaux charmes. C'est à la fin septembre que la région déployait ses plus beaux attraits, les plans de vignes commençaient à se colorer de rouge orangé, les ruisseaux se gorgeaient d'eau neuve et les champs exhalaient leurs parfums de terroir. La brûlure de l'été s'était dissipée, ne laissant persister qu'une douceur tendre idéale. Les orages de chaleur de la fin août avaient relancé le cycle de la renaissance et les zones brûlées par l'incendie commençaient déjà à reverdir.

Une odeur d'humus se dégageait du vallon et Hélène perçut le bruit de l'eau qui courrait dans le ruisseau. Margot, affublée de son tablier de jardin, leva la tête péniblement pour embrasser sa nièce, heureuse de ces retrouvailles comme si une éternité s'était écoulée depuis les deux derniers mois. L'été caniculaire et ses péripéties avaient resserré le lien qui les unissait. Dans les yeux humides et délavés de Margot vieillissante, une lueur de reconnaissance brilla. Elle réalisait pleinement l'importance du réconfort que sa nièce lui infusait malgré son immaturité apparente, et elle comprit que la présence d'Hélène rassurait la perspective de sa finitude. Une guidance semblait revenir vers elle comme un juste retour des choses, Hélène lui donnait la place à laquelle elle aspirait, et ce constat la rendit vaillante.

La grande fille avait subi une série de transformations aux cours de l'été qui l'avaient faite mûrir. Ses questionnements sur l'énigme de la disparition du curé étaient restés en suspens. Quoi qu'il en soit, elle ne remettrait jamais en cause son attachement et son affection pour Margot. Mais le moine qui parlait si bien, avait peut-être encore des choses à dire, car on peut enterrer un corps mais on n'enterre pas le passé.

*

Dans un coin de la serre, Hélène trouva ce jour-là une revue sur l'équitation. Elle se mit à en feuilleter les pages, installée sur le canapé du salon. La nuit était tombée et après un repas léger elle lisait au milieu des coussins en satin couleur vieux rose, en compagnie du chat Quidam qui ronronnait.

— J'avais conservé cette revue pour les photos des chevaux qui sont magnifiques, dit Margot en servant une tisane de sa préparation.

Hélène ne répondit pas, elle songeait au moine qui devait dormir dans le souterrain et elle appréhendait déjà sa prochaine rencontre avec lui, prévue pour le lendemain. Comment allait-elle s'y prendre pour en savoir plus sur la mort du curé ? Margot, se targuant de la « normalité » du nouveau voisin de palier d'Hélène, tournait autour du pot pour savoir si une relation sentimentale était née. Fuyante et absorbée, Hélène ne se montrait pas bavarde sur le sujet, mais lui donna pourtant un os à ronger.

— Il m'a dit d'essayer de déposer ma candidature pour travailler dans sa banque.

— Et avec lui ? Il ne se passe rien ? finit par demander Margot de but en blanc.

— J'attends de voir.

— Tu attends de voir quoi ? Qu'il se lasse d'attendre ? Qu'il en trouve une autre ? Qu'il soit muté à Cherbourg ? Tu as peur de quoi nom de Dieu ! Tu veux finir vieille fille ? Certaines parlent trop, mais alors toi !… Une carpe.

Dans la nuit Hélène se réveilla, des mots dansaient dans sa tête : « calme » ; « en avant » ; « droit ». Il s'agissait de trois préceptes en équitation qu'elle avait lu la veille au soir sur la revue. Quand elle se leva le lendemain, elle fouilla sa mémoire pour essayer de s'en souvenir, en vain. Elle parcourut alors de nouveau les pages en buvant son café.

— Tu t'intéresses à l'équitation maintenant ? Questionna Margot.

— Depuis hier soir seulement.

— Vous êtes drôles les jeunes ! J'ai oublié de te dire que Lionel avait téléphoné après ton départ. Quand ils ont quitté la région, ils ne sont pas remontés à Paris, ils sont allés à Saint-Tropez.

— C'est bien, Chantal a dû être contente. Je passe par la salle de bain et ensuite je vais descendre à la cave saluer celui qui n'a pas de nom.

— Tu es gentille, ça lui fera plaisir.

*

Quidam lapait inlassablement les gouttes d'eau restées dans le bac à douche et son comportement attira l'attention d'Hélène. Elle l'observa un moment alors qu'il continuait à lécher assidument le sol devenu sec. En lui donnant à boire, elle remarqua qu'il perdait ses poils. L'été caniculaire avait dû altérer sa santé au même titre que celle de beaucoup d'autres créatures. Les conséquences des températures excessives avaient été dévastatrices dans toute l'Europe. Hélène réalisa qu'elle s'en était bien sortie en venant se réfugier chez Margot ; elle avait traversé la fournaise de l'été sans problème de santé. Et, si le feu de forêt l'avait particulièrement secouée, son coup de cœur pour Lionel avait contribué à atténuer le traumatisme de l'incendie. Elle appela Quidam pour qu'il l'accompagne vers le maître du souterrain mais étrangement, il ne réagit pas et resta prostré.

Quand Hélène retrouva le moine, il lui parut particulièrement las. Une mauvaise mine semblait l'avoir fait vieillir d'un seul coup de plusieurs années. Cela contraria sa détermination à lui arracher des confidences concernant l'histoire trouble du curé.

— Bonjour Hélène, je suis content de te revoir, dit-il d'une voix enrouée.

— Bonjour, comment allez-vous ?

— J'ai du mal à me remettre de la grosse chaleur de l'été. J'ai pris froid et je me sens faible. Assieds-toi.

Hélène avait les mains qui tremblaient et elle les cacha sous la table. Elle s'avoua que la peur qui l'agitait venait de son appréhension à poser la question délicate ; qu'était-il arrivé au curé disparu ? Elle essaya de se centrer. *Calme. En avant. Droit.*

En avant, c'était passer à l'action et *Droit*, voulait dire sauter l'obstacle qui se trouvait en face. Les trois principes de l'équitation qu'elle tentait d'appliquer à la situation présente en essayant une sorte d'adaptation technique qui était sensée l'aider à atteindre son objectif.

— Je t'écoute ma fille, qu'est-ce qu'il y a ? Je sens bien ton malaise, dit le moine qui lisait en elle comme dans un livre ouvert.

— Je ne sais pas, dit-elle désarçonnée.

— Et si tu savais, ça serait quoi ?

— J'étudie l'équitation et je crois que suis nulle.

— Fais plutôt de la natation ! Savoir bien nager est plus utile à notre époque que de monter à cheval.

Un silence suivit pendant lequel le moine attendit que l'autocensure qui semblait inhiber Hélène cède. Mais elle resta silencieuse.

Des années d'isolement avaient appris au vieil homme à observer le réel comme un monde constitué de signes ambigus qu'il savait déchiffrer avant qu'ils ne deviennent encombrants. Alors, il jeta un pavé dans la mare.

— Si tu cherches un tombeau, je peux t'en montrer un ?

Hélène le dévisagea. Elle venait de saisir dans l'inflexion de sa voix plus qu'une hésitation, une inquiétude.

— Viens avec moi, dit-il en se levant de son siège.

Le vieil homme chercha quelque chose dans une boîte en carton et en ressortit une lampe électrique. D'un signe de tête, il incita Hélène à le suivre. Elle restait pourtant assise sans bouger comme paralysée par cette révélation. Puis les mots : *En avant. Droit*, la percutèrent et elle trouva l'énergie de lui emboîter le pas. Ils longèrent le souterrain jusqu'à un amoncellement d'éboulis qui en barrait l'accès et se glissèrent latéralement dans un passage étroit et obscur qui sentait la terre humide.

— N'aie pas peur, il n'y a rien qui mord ici.

Ils avancèrent dans un tunnel obscur en déclive qui semblait se perdre dans les entrailles de la terre. Le couloir suintait une odeur d'humidité et de moisi. La lueur du faisceau de la lampe dévoilait sous leurs pas une flaque de lumière mouvante sur un chemin semé d'éboulis. Une odeur âcre emplissait l'air appauvri et bientôt un amas de cailloux délimita un espace rectangulaire. Le faisceau blafard de la lampe éclaboussa les pierres.

— C'est un tombeau que j'ai construit moi-même. Il est vide pour l'instant.

Perdue en ce lieu improbable, Hélène resta silencieuse sans comprendre.

— Je n'ai plus d'identité. Légalement, je n'existe plus depuis longtemps. Alors quand le moment sera venu pour moi de quitter ce monde, il faudra bien que mon corps repose quelque part ! J'ai donc construit ce tombeau. Il est à la mesure de ceux du Temple de Salomon. Quand je sentirai venir la chose, je ferai un jeûne et il faudra y déposer mon corps, puis refermer le passage près des éboulis avec des pierres. Ne restons pas là, ça s'écroule par endroit et c'est dangereux.

— Plus d'identité... Mais vous êtes pourtant libre ?

— Je n'ai jamais cessé de l'être.

En revenant sur leurs pas, Hélène frissonna, elle avait froid. Le chemin remontait légèrement et elle accéléra le pas comme mue par le désir de s'extirper hâtivement de cet endroit qui l'attirait tout autant qu'il l'effrayait. Un fois le logis du moine retrouvé, elle s'assit à la table et demanda.

— Pourquoi un jeûne ?

— Pour être plus léger à transporter et pour que ma dépouille se dessèche au lieu d'empester le souterrain. Mon âme sait où elle doit se diriger. Ne fais pas cette tête ! Ce n'est pas triste, j'attends ce moment avec une curiosité infinie et mon aspiration m'émerveille. Mais j'ai un souci... Margot va faiblir elle aussi, c'est pour cela que je t'en parle. Si tu pouvais la seconder au cours de cette étape le moment venu, je serais rassuré pour elle.

— Euh... Oui, mais vous n'allez pas mourir tout de suite ?

146

— Qui te dit que je suis encore vivant ? Peut-être que je survis déjà dans une autre âme ! Je vais te préparer une tisane avec du miel.

Les yeux du moine souriaient. Hélène se leva et fit quelques pas dans la pièce en tournant en rond. Elle demanda soudain à aller cueillir des plantes aromatiques. Et, sans attendre la réponse, elle attrapa le panier en osier qui traînait dans un coin et sortit dans le petit jardin encerclé de murailles. Quelques branches de sauge ramassées en vitesse, un coup d'œil furtif en direction du vieil homme qui semblait occupé, et ses pieds enjambèrent les chrysanthèmes. Elle retrouva la pierre marquée de l'inscription et la posa dans le fond du panier sous le bouquet de feuillage. En entrant dans la pièce, une odeur de verveine infusée embaumait l'air. Sur la table, quelques livres traînaient çà et là, elle en saisit un au hasard pour se donner une contenance et calmer sa fébrilité. Son attention fut tout de suite saisie par le titre d'en-tête d'un chapitre ; « *livre des vers, des serpents, araignées, crapauds, cancres et taches qu'on porte de la naissance.*[42] »

— Qu'est-ce que c'est ça ? demanda-t-elle horrifiée.

— Un traité sur l'alchimie du Docteur Théophraste Paracelse. C'est une médecine démodée mais toujours

---

[42] Paracelse, *Traité des trois essences premières. Discours de l'alchimie.* Traduit du latin par Grillot de Givry. Archè (1981), Collection Sébastiani, Milan.

efficace, surtout les crapauds. Je n'ai jamais vu un médecin de ma vie, je ne me soigne qu'avec les crapauds et les plantes. Le crapaud a un pouvoir absorbant qui enlève la maladie. C'est remarquable d'efficacité.

Incrédule, Hélène grimaça en laissant échapper un « mon dieu...» indulgent.

— N'oublie jamais ! reprit le moine, que « *Les choses ne sont jamais mauvaises ; seule peut l'être la façon dont tu y penses* ».[43] Tous ces livres te reviendront un jour, ils sont précieux. Plus tard dans ta vie, ils te rendront service. J'ai aussi la vision des choses lointaines, elle m'a été donnée comme un don à la naissance. Un cadeau pas toujours facile à porter, crois-moi.

*

Le soir même Hélène retrouva son appartement de la rue des Roitelets. Elle s'empressa de sortir la pierre de son sac. Elle la posa sur la table de la cuisine sur un morceau de papier journal avant de la détailler avec circonspection. Elle tourna autour du caillou un bon moment puis, alla affûter un crayon à papier et s'assit face à l'objet insolite. L'inscription : asile, était lisible. La pointe du crayon chercha les rayures de la pierre et un B

---

[43] Epictète, philosophe grec de l'école stoïcienne.

apparut devant le mot « asile ». Elle put clairement lire : Basile. Satisfaite de cette découverte qui confirmait ses soupçons, un sentiment presque victorieux l'envahit et elle se leva pour aller se servir un verre de lait. Très vite, la conviction d'avoir trouvé un indice prouvant que le corps du Père Basile était enterré sous les chrysanthèmes, se teinta d'une effrayante déception. Les conséquences de cette révélation pouvaient s'avérer terribles pour Margot. Elle échafauda mille scénarios avant d'en conclure que le silence était la seule attitude sage à adopter pour préserver la sécurité de sa tante.

Une rancœur à l'encontre du moine s'empara alors d'elle ; comment avait-il pu en arriver là avec le discours qu'il tenait sur Dieu ? L'insistance du moine à développer ses théories sur « le Bien et le Mal » éclaira soudain sa conscience. Et, elle porta une accusation sans faille à son encontre ; cet homme cachait sa criminalité dans le souterrain depuis des années en essayant de se repentir devant une croix au pied de laquelle il entretenait les fleurs des morts pour se donner bonne conscience. Ses soupçons sur « l'homme qui n'avait pas de nom » étaient en train de faire tache d'huile.

Déçue, triste et désemparée, elle s'assit sur une chaise de cuisine devant la pierre et, terrifiée, regarda l'inscription du mot : Basile.

Au fur et à mesure que le temps passait, sa certitude devenait inébranlable et son désespoir grandissait. Se sentant trahie, un déchirement intérieur l'anéantissait peu à peu. Tant d'hypocrisie lui était inconcevable, à elle, l'agnostique. Le cœur gros, puis le cœur lourd, le coude sur la table et la tête posée dans sa main, les larmes lui montèrent aux yeux. Sa déception était immense ; elle s'était attachée au vieillard fou et elle aimait le vieil homme. Elle saisit alors machinalement le crayon à papier et repassa la pointe fine sur les rayures de la pierre, comme pour ancrer le mot du malheur en elle un peu plus profondément. La pointe de carbone glissa sur la pierre comme une eau qui ruisselle dans les failles d'un terrain accidenté et un nouveau mot se dévoila : Basilic.

Démasquant l'hérésie, un trouble violent déferla dans son être. Envahie par la honte qui brûlait douloureusement les rameaux obscurs de sa conscience, elle réalisa que son erreur était impardonnable. Les paroles du moine résonnèrent alors dans sa tête et prirent une autre dimension: *« les choses ne sont jamais mauvaises ; seule peut l'être la façon dont tu y penses »*.

Basilic ! Quelle idiote elle faisait, et quel aveuglement stupide l'avait confondu à ce point ! Un accès de colère s'empara d'elle au point qu'elle commença à haïr ce moine et qu'elle faillit même le maudire. Elle perçut cependant, dans le tourbillon de violence qui la submergeait, que les racines corrompues de sa conscience n'étaient pas totalement étrangères à cet effrayante confusion et, qu'elle les projetait sur le vieillard à tout va. En cet instant précis, cet homme la dérangea à un tel point, qu'elle ressentit une menace de destruction l'envahir toute entière. Son ego souffrait des affres de l'agonie et son conflit intérieur devint souffrance de l'âme, une souffrance telle, que l'humiliation qu'elle s'infligea devint inacceptable.

Mais c'est souvent aux frontières de l'inacceptable souffrance que l'on se met au monde.

X

Des braises rougeoyaient dans l'âtre, le moine y plaça un rondin de chêne sec. Le feu crépita et commença à dévorer la dernière des bûches qu'il venait de poser dans le foyer ardent. La chaleur rayonnante qui se dégageait avait l'odeur familière des soirs d'hiver qui avaient réchauffé son corps toutes ces années durant. Sur la table en bois, nul livre ne traînait, ils étaient tous rangés à leur place sur les étagères qui tapissaient la pièce du sol au plafond. Une lampe de poche attendait sur la table. Le moine écrivit alors sur une feuille de papier jauni tombée d'un vieux cahier d'écolier.

Margot, je suis heureux de t'annoncer que je m'en vais. Garde mes livres pour Hélène. J'y vais seul, vous n'aurez qu'à refermer le passage avec des pierres et que... comprenne qui pourra. Je quitte la sombre nuit pour demeurer dans l'éternelle lumière solaire de ton amour.

Il posa la lampe électrique sur la feuille de papier et se tourna vers l'âtre. La bûche finissait de se consumer. Il la regarda s'effondrer en morceaux incandescents sans la quitter des yeux jusqu'à ce que ralentisse le mouvement ondulatoire des flammes. Dehors, la nuit était tombée. Les braises mourantes irradièrent du foyer une clarté indicible.

*

Au premier étage de la rue des Roitelets, l'animation régnait en ce samedi soir festif. Empressée, Hélène faisait des allers retours sur le palier entre les deux appartements. Elle honorait du mieux possible la réception que son voisin de palier donnait en l'honneur de son rattachement à sa nouvelle terre. Les convives foisonnaient, l'ambiance était à la bonne humeur. Le téléphone retentit plusieurs fois dans l'appartement d'Hélène mais, elle ne prit pas la peine d'aller décrocher tant elle était affairée à participer activement à la réception. Son histoire sentimentale avec son voisin de palier avait bien commencé et leur relation amoureuse s'affichait au grand jour pour la première fois. Réfugiée derrière la conviction sécurisante d'être protégée des convoitises et des jalousies par cette relation, Hélène commençait à se sentir plus stable. Le profil d'autiste ou de rivale potentielle qui lui collait à la peau était en train de s'estomper et cette liaison « normale » lui donnait confiance en elle. Seule Margot n'était pas encore informée, Hélène savourait encore un peu sa joie récente avant de lui étaler sa vie privée ; une pudeur héritée de la lignée familiale.

En quelques mois la vie d'Hélène avait pris une orientation insoupçonnée. Elle évitait désormais de juger les situations bonnes ou mauvaises comme pour préserver un équilibre relatif, tout en laissant s'épanouir une nouvelle personnalité.

Le lendemain matin, un message de Margot sur le répondeur téléphonique lui annonçait que le moine les avait quittées. Cette nouvelle inattendue lui causa un choc. Un sentiment d'incompréhension suivit, comme si la mort de cet homme était impossible à concevoir. Soudain oppressée, Hélène appela Margot pour l'informer qu'elle partait immédiatement la rejoindre. Le moment de remplir la mission que le moine lui avait confiée était arrivé.

*

La route était déserte en ce dimanche matin, le vent du sud emportait tout sur son passage et un ciel noir chargé de pluie menaçait. Hélène partit en direction de la Drôme sans prêter attention au temps anormalement chaud pour la saison. Crispée sur le volant pour résister aux bourrasques, elle avait le cœur gros et rempli d'une appréhension sacrée. Il lui fallait accomplir la tâche qui l'attendait et rendre un dernier hommage à cet homme qui avait tant bouleversé sa conscience. La route vers l'enclave des Papes lui parut étrange. Elle réalisa soudain qu'il faisait nuit. Elle regarda sa montre, il était midi. De grosses gouttes de pluie claquèrent sur le pare-brise en un vacarme assourdissant, elle se vit contrainte de s'arrêter sur le bas-côté de la route afin d'attendre la fin du déluge. La pluie et le vent s'amplifièrent soudain, des tourbillons d'eau bousculèrent l'auto qui se mit à tanguer sous l'effet d'une mini tornade d'une violence inouïe. Un écran blanc, troublé par des centaines de petits traits parasites, s'afficha d'un seul coup sur le pare-brise. Happée par la puissance du vortex, la voiture tourbillonna sur elle-même dans le sens inverse des aiguilles d'une montre. Emportée par un tourbillon sans fin, Hélène lâcha le volant et perdit le contrôle du véhicule.

*

Anticipant des inondations, Margot avait placé une planche en bois sur le seuil de sa maison en espérant qu'Hélène pourrait échapper à la tempête imminente. En attendant, elle descendit à la cave et se précipita dans le logis du moine pour protéger la porte-fenêtre qui donnait sur le petit jardin. La pluie ne tombait pas encore mais le vent du sud laissait présager des dégâts ; la nature avait appris à se défendre contre le vent du nord et pouvait résister au mistral, mais se trouvait fragilisée face aux tempêtes venant du Sud. Quand elle eut sécurisé l'habitation, elle s'assit à la table du moine et un sentiment paisible l'envahit. Elle saisit le feuillet jauni et relut encore une fois les quelques mots écrits par celui qui avait partagé sa vie secrète. Songeuse, l'instant qu'elle traversa sembla la nourrir d'une douce force baignée d'une étrange plénitude. Elle s'abandonna alors, hors du temps et de l'espace, à un rayonnement feutré qui sembla la bercer. C'est le fracas de la pluie contre les carreaux qui vint la sortir de cet état second. Margot reposa le morceau de papier sur la table à côté d'une lampe électrique et, ce n'est qu'à ce moment-là seulement, qu'elle réalisa : il s'en était allé rejoindre son tombeau tout seul, c'était concevable, mais, sans la lampe comment avait-il pu ?

Une obscurité absolue régnait dans le souterrain et, pour atteindre son objectif, il avait besoin de lumière ?

Margot alluma la torche pour s'assurer qu'elle fonctionnait bien. De toute évidence et étrangement, il l'avait oubliée. Hésitante, elle choisit raisonnablement d'attendre Hélène avant d'aller vérifier si le corps reposait bien au bon endroit.

Un déluge s'abattait sur la campagne, le vallon était noyé, le ruisseau débordait, seule la planche de bois que Margot avait placé devant la porte d'entrée empêchait l'eau de rentrer dans la maison. Un coup de tonnerre résonna puissamment et un instant plus tard, la foudre tomba dans le jardin ; un éclair bleuté parcourut la surface en un miroir fluorescent et le compteur électrique disjoncta. L'obscurité soudaine noya la demeure.

Hélène n'était toujours pas arrivée, deux heures s'étaient pourtant écoulées depuis son appel téléphonique. Margot imagina que sa nièce s'était mise à l'abri de l'intempérie, un sentiment d'impatience la saisit. Elle songea à aller vérifier toute seule si la dernière demeure du moine avait été atteinte comme prévue. La pensée qu'il ait pu trébucher dans l'obscurité et tomber au milieu du souterrain la tourmentait. Consciente qu'elle ne pourrait pas porter le corps toute seule, elle voulut quand même savoir où il se trouvait.

Le faisceau de la lampe balaya le mur d'éboulis démasquant un passage entre les pierres ; celui qu'Hélène était chargée de reboucher. Margot enjamba des roches effritées et s'engagea vers le fond du souterrain en direction du tombeau. Elle se rappelait le nombre de pas qu'il fallait compter pour l'atteindre et vérifiait en avançant toutes les courbes du terrain. Bientôt, elle sut qu'elle était proche, une émotion lui serra la gorge. Il lui fallait continuer d'avancer tout en sachant que la vision qui l'attendait lui arracherait les sanglots contenus dans sa poitrine. Le rayonnement de la lampe approcha bientôt le cercueil de pierre. Lentement, Margot dirigea la lumière vers l'intérieur de la tombe. Et elle découvrit qu'elle était vide.

*

Le pare-brise de la voiture était couvert de matière végétale broyée. Hélène abasourdie par la fulgurance du phénomène qui l'avait assaillie n'osait bouger. Soudain, la pluie se calma comme par enchantement et quand elle ouvrit la portière, elle découvrit un spectacle d'apocalypse ; elle était stationnée en contre-sens au milieu de la route, les cyprès centenaires qui bordaient un champ, jonchaient le sol avec leurs racines en l'air. Elle se demanda soudain comment elle avait pu s'en sortir indemne au regard des dégâts alentour. Une mini tornade avait circulé en zigzagant à travers les terres et l'avait épargnée par miracle. Reprenant le volant de sa voiture, elle fit un demi-tour pour reprendre son trajet vers Richerenches sur la route inondée. Quand elle atteignit enfin la propriété de sa tante, les nuages avaient disparu et le soleil lançait ses rayons à travers les brumes d'évaporation qui enfumaient la campagne.

Hélène trouva Margot assise sur la chaise du moine dans la pièce désormais sans âme. Insondable, la tante avait les deux coudes posés sur la table et les mains jointes. Elle semblait méditer les secrets d'un autre monde au cœur des frémissements de l'absence.

Margot leva les yeux et dit simplement.

— Il faut que tu m'aides à refermer le passage.

Repoussant d'un geste lent la feuille de papier jaunie vers sa nièce, elle l'invitait silencieusement à en prendre connaissance. Hélène parcourut alors les derniers mots du moine puis, balayant du regard les rayonnages de livres qui couraient sur les murs de la pièce, elle demanda avec un air étonnée.

— Il pensait vraiment que je pourrais lire tout ça ?

— Comprenne qui pourra… répondit Margot.

Le regard lointain, Margot se leva la première et saisit la lampe en ouvrant le pas. Devant le mur d'éboulis, elles s'arrêtèrent. Hélène chercha des pierres sur le sol accidenté et les entassa consciencieusement devant le passage latéral. Immobile et silencieuse, la tante Margot regardait faire sa nièce et, avant que la dernière pierre ne fût posée, elle eut envie de murmurer un nom, mais il n'en avait pas.

*

Le lendemain, l'air vif et sec de la saison avait reprit ses droits, le mistral avait chassé les derniers nuages et un ciel bleu électrique rappelait le regard de celui qui s'en était allé.

Les deux femmes se préparèrent à enlever tous les livres avant que l'humidité ne les détériore. Il fallait les transporter à l'étage, Margot n'avait pas la force physique d'y parvenir seule. Des caisses propres furent entreposées dans un coin du salon, Hélène allait se charger du transfert.

Le logis du moine donnait l'impression d'un vide infini comme si rien n'avait subsisté du rayonnement familier du vieil homme, même l'odeur de lavande qui flottait toujours dans la pièce avait disparue. Hélène monta sur une chaise, saisit plusieurs livres situés en hauteur qu'elle alla poser sur la table. Sa grande taille et son ardeur lui permettaient d'agir efficacement. Margot s'occupait lentement à rassembler les ouvrages situés à sa portée, derrière son visage impassible, une lueur particulière brillait comme un mystère. Immergée dans ses pensées, elle ne parlait plus et donnait l'impression d'être en train d'appréhender l'inexplicable disparition en flairant une piste entre deux mondes. Elle garda pourtant ce secret pour elle.

Debout sur la chaise en équilibre précaire, Hélène avait saisi un livre situé tout en haut d'un rayonnage et l'avait ouvert sans savoir pourquoi. Elle s'était alors plongée assidument dans sa lecture sans pouvoir s'en extraire. Margot posa soudain un regard inquiet.

— Tu risques de tomber ! Emporte-le.

En fin d'après-midi, le logis du moine était devenu une coquille vide, Margot et Hélène refermèrent la porte chanfreinée comme une page qui se tourne et traversèrent la cave pour rejoindre le seuil de la maison. Quidam, qui s'était refait une santé, était perché sur la table et semblait attendre leur retour. Attentif aux allées et venues, le chat regarda le passage se refermer sous le fronton noirci comme s'il devinait que désormais, plus personne ne l'attendrait.

Hélène repartit chez elle avec le livre et promit à sa tante de revenir sans tarder.

*

Un emploi dans une usine de laine proche de chez elle permit à Hélène de s'affranchir des perspectives professionnelles incertaines que lui avait fait miroiter son voisin. Chaque samedi, elle abandonnait son nouveau compagnon à ses occupations et partait seule chez Margot. Elle en ramenait toujours un nouveau livre qu'elle dévorait assidûment. Aux prises avec une soif inextinguible de connaissances, elle avait découvert un intérêt brûlant à passer son temps dans la lecture. Elle relisait

parfois le même ouvrage car un nouvel éclairage s'y ré-
vélait, toujours différent du précédent, comme si les
livres s'actualisaient au fur et à mesure d'une transformation invisible. Cet étrange phénomène la captivait comme
une magie opérante. C'était pourtant bien son niveau de
conscience à elle, qui ne cessait de se remodeler comme
s'il s'abreuvait à une source intarissable.

Au bout de quelques mois, elle chargea des cartons
entiers dans sa voiture et son appartement se trouva tellement encombré qu'elle songea à déménager afin de
trouver un logement plus grand.

Un soir d'hiver, où le mistral soufflait, glacial, elle
toucha le fond du dernier carton. Il restait deux livres,
l'un d'entres eux lui rappela un vague souvenir ; c'était le
traité de Paracelse qui faisait allusion au pouvoir curatif
des crapauds. Elle s'installa alors sur son lit enroulée
dans une couette, la tête callée sur deux gros coussins et
entrepris de parcourir ce document qui l'avait ulcérée des
mois auparavant.

Sa déception fut grande, elle n'y comprenait rien.
Elle mémorisa seulement la formule alchimique de la
transformation « *Solve et coagula* », « séparer et réunifier », car le souvenir des paroles du moine refaisait surface : « *L'aspiration à l'Unité est une loi qui est la conséquence de la séparation d'avec cette Unité... Pourtant
seule la séparation a rendu la connaissance de cette loi
possible... »* ?

Hélène referma le livre et le posa sur sa poitrine en regardant le plafond. Elle renonçait à poursuivre la lecture, c'était trop compliqué. Ses questions sur la recherche du sens de la vie étaient trop nombreuses, elle pataugeait dans ses réflexions. Elle se demandait encore si elle était un fruit du hasard, ou bien une poussière dans l'infini vouée à la mort ? Ou encore une créature soumise à la volonté d'un Dieu ? Ou peut-être bien un être en évolution à la recherche de son autonomie ? Ou alors, comme le disait Margot, un Dieu encore à naître, un reflet de l'Univers ?... Le moine avait découvert la présence au plus profond de lui, d'un élément spirituel qui « n'était pas de ce monde ». Il disait que cet élément constituait la parcelle d'absolu présente chez tous les hommes, le levier de notre véritable liberté. C'était ce qu'il appelait sa « pierre philosophale ».

Cette présence intérieure, Hélène la sentait vivre elle aussi mais, au lieu de la libérer, elle la brûlait, la poussant sans cesse à dépasser ses propres limites et à se briser. Sous cette influence, elle échafaudait des théories, spéculait sur l'invisible, bâtissait des certitudes qu'elle croyait inébranlables. Elle pensait pouvoir explorer le cosmos à la recherche de ses origines ou bien en scrutant l'infiniment petit mais en fait, elle en conclut fébrilement qu'elle tournait en rond. Alors, une révolution intérieure se mit à couver.

Le temps passa si vite qu'elle eu du mal à identifier qu'il était tard et qu'une interférence nocive vibrait dans sa poitrine. Elle écarta le livre et alla le replacer au fond du dernier carton. Dehors la lune était pleine et la force du vent semblait tout arracher dans un bruit de fond lancinant qui maintenait les sens en éveil. Quelqu'un frappa à sa porte, spontanément, elle se dirigea vers l'entrée.

— Qui est-ce ? demanda-t-elle.

— C'est moi… répondit la voix du voisin de palier.

Hélène ouvrit et resta postée dans l'entrebâillement de la porte.

— Je n'arrive pas à dormir… Laisse-moi entrer chez toi, dit-il.

Elle l'observait sans répondre quand soudain, une onde de répulsion coula dans ses veines ; il avait quelque chose d'étrange dans le regard... Un léger strabisme convergent de son œil droit semblait faire palpiter sa pupille.

— Pas ce soir.

— Si, insista-t-il… laisse-moi entrer, je veux entrer chez toi… Je…

D'un seul coup, Hélène referma violemment et actionna les verrous. Le dos collé contre la porte d'entrée, son corps se mit à trembler de manière incontrôlable. Bouleversée par ce qui lui arrivait, elle partit se réfugier dans sa chambre.

Tout semblait recommencer dans un vertige ; l'angoisse la saisit de nouveau, l'insécurité l'envahit et les hallucinations terrifiantes refirent surface en hologrammes. Elle était en train de repasser sur le même sillon d'un vieux disque rayé.

Toute la recherche et la connaissance emmagasinées au cours du chemin parcouru ces derniers mois, venaient d'être réduites à néant en quelques secondes à peine. Brisée, elle s'écroula sur son lit puis, se révolta dans un sursaut.

Elle se refusait à donner prise à ces vieux fantasmes de terreur qui resurgissaient du plus profond de son être comme des racines tentaculaires. Mais, en même temps, elle prenait conscience que la pieuvre qui nageait dans son sang y vivait au même titre que la parcelle d'absolu qui éclairait sa conscience. Leur cohabitation entraînait un combat, ce même conflit qui la brisait sans cesse et, au sein duquel, déchirée, elle se débattait.

Elle regarda soudain le carton et comprit que le livre des crapauds qu'elle avait posé sur sa poitrine lui avait transmis, à son insu, l'expérience pratique d'une compréhension profonde, et la formule : « *Solve et coagula* » « séparer et réunifier » prit tout à coup son sens ; la clé alchimique de la transformation était là.

Deux Mondes, issus de deux ordres de natures différents, vivaient en elle, comme en tous. Il fallait les séparer distinctement pour les identifier. Les rendre reconnaissables, comme disait celui qui n'avait pas de nom, en vue de faire cesser l'affrontement de leurs polarités incompatibles et, ensuite, parvenir à les réunifier... Elle ne voyait pas encore comment.

Le lendemain, Hélène décida d'aller s'excuser auprès de son voisin de l'attitude qui l'avait poussé à lui claquer la porte au nez en pleine nuit. Mais c'est lui qui la devança, la priant de le pardonner pour son comportement maladroit de la veille. Leur discussion finit par aboutir à la conclusion qu'ils n'étaient plus du tout sur la même longueur d'ondes et que leur relation n'avait plus de sens. Hélène réalisa qu'elle passait son temps libre chez sa tante ou à s'enfermer chez elle à lire, et qu'elle n'avait même pas remarqué la frustration relationnelle qu'elle imposait à son compagnon. Ayant toujours vécu seule et sans modèle familial, elle n'avait jamais su envisager les concessions nécessaires à l'apprentissage d'une vie à deux. Le souvenir récent du couple de Lionel et Chantal l'avait laissée songeuse quant aux valeurs conjugales et finalement, elle se résigna de sa condition d'exclue. Margot lui avait déjà souligné qu'il « arrive un moment où il est trop tard ». Pire, pensa-t-elle... À l'allure où elle transformait sa façon d'être, elle se demanda si quelqu'un pourrait jamais un jour arriver à la comprendre ? Elle s'estima alors définitivement perdue pour la société, sans pour cela souffrir de cet état de fait, car pour la première fois de sa vie, elle fit un constat rassurant ; elle s'acceptait enfin telle qu'elle était.

XI

L'eau du ruisseau coulait dans un murmure qui accompagnait les cris des busards planant autour des cimes des arbres dénudés. Les feuilles mortes de l'automne jonchaient le vallon en un épais tapis ocre et mordoré que personne n'était venu fouler. Le logis de Margot avait pris des allures de masure abandonnée. L'hiver était là, mordant, humide et froid. À la tombée de la nuit, le même hibou revenait chaque année hululer près des toits et on pouvait croiser son ombre les nuits de pleine lune. Margot rajouta quelques sarments de vignes sur les braises de la cheminée. Elle n'avait plus la force de soulever les grosses bûches, et seul du petit bois alimentait désormais le foyer. Depuis longtemps déjà, la vieille chaudière à fuel montrait des signes de fatigue. Ce soir là, il ne faisait pas très chaud à l'intérieur du logis. Sans prendre le temps de se couvrir suffisamment, Margot sortit dans la nuit froide. Du bois sec se trouvait entassé près du tilleul. À la lueur vacillante d'une torche, elle marcha dans le tapis moelleux des feuilles mortes, retrouva d'instinct les quelques marches escarpées dans la pierraille et se dirigea vers le tas de bois. Les hautes branches des pins crissaient en une longue plainte lancinante sous l'effet du vent. Margot se baissa pour ramasser un rondin quand, un grognement tout proche la surprit ; un sanglier rodait. Sans s'attarder, elle saisit la bûche et se retourna pour s'en aller. C'est alors que face à elle, plusieurs bêtes de statures imposantes fouillaient le sol de leurs groins délurés. Sans lâcher son fardeau, elle ne bougea plus et attendit. C'était la première fois que ces animaux s'approchaient aussi près de l'habitation et qu'elle en voyait autant. Insensiblement, les sangliers avançaient vers elle et, contrainte de reculer contre le tronc du tilleul, Margot se retrouva bientôt encerclée.

La seule question qu'elle se posa fut : qu'est-ce que cela signifie ?

Fougueux, les sangliers tournaient autour de l'arbre à la recherche des derniers glands déplacés par le vent qui auraient pu s'y trouver. Avec une ardeur impétueuse, ils labouraient le sol en dévastant le terrain. Immobile, les mains et les pieds engourdis, Margot s'était recroquevillée pour résister au froid qui pénétrait ses os. Le morceau de chêne qu'elle tenait dans les bras lui permettait de fournir un effort constant qui la réchauffait mais, la fatigue commençait à la gagner et elle s'épuisait. Consciente qui lui fallait s'échapper sans tarder, elle s'engagea alors lentement, fantomatique, au milieu des bêtes. Elle traîna ses pieds gelés dans les feuilles mortes jusqu'à l'escalier et, en aveugle, posa un pas maladroit qui se déroba sur une marche. Elle glissa, perdit l'équilibre et tomba en avant entraînée par le poids du rondin de bois.

Assommée par la chute, quand elle voulut enfin se relever, son corps ne la portait plus ; des douleurs fulgurantes la clouaient au sol.

Le froid était vif, les sangliers s'étaient avancés au bord des marches et, face à eux, sa position à terre la rendait vulnérable. Alors, la crainte de se faire piétiner s'ajouta à son désarroi. Elle venait de comprendre le sens caché de tout cela : le Monde de la Nature la mettait « dos au mur » et « ventre à terre ». Des choix à faire s'annonçaient ; elle ne pouvait plus vivre seule et isolée.

Elle essaya de ramper pour atteindre le seuil de la porte que par chance, dans sa précipitation, elle n'avait pas refermée. À force d'efforts, elle parvint à se traîner à l'intérieur du logis, rampa jusqu'à la cheminée et se laissa aller sur le sol près du feu. Des braises finissantes rayonnaient encore une chaleur douce, Quidam vint se blottir entre ses bras, ils fermèrent les yeux tous les deux.

Comme chaque hiver, trois fois par semaine, Antoine venait apporter le pain à Margot. Ce matin-là, à la vue des dégâts laissés par les sangliers, il s'alarma. Quand il trouva une lampe allumée au bas des marches à côté d'un rondin de bois qui n'avait rien à y faire, il comprit tout de suite que quelque chose d'anormal s'était passé. Il découvrit Margot inconsciente, couchée sur le sol glacé près de l'âtre qui sentait encore l'ancien feu.

*

Une période mouvementée commença pour Hélène ; les décisions à prendre, les moyens matériels à mettre en place, les problèmes administratifs, médicaux, sociaux et moraux, se bousculèrent à toute vitesse. Hélène voulait absolument récupérer Margot chez elle dès sa sortie de l'hôpital. Elle se mit activement à rechercher un logement plus grand. Elle se démena en se jetant à corps perdu dans des démarches en tous sens avec un volontarisme à toute épreuve, mais sans résultat aucun. Le prix de l'immobilier avait considérablement augmenté, bientôt Hélène ne vit plus d'issue aux problèmes.

Déstabilisée, stressée par des procédures en tous genres qui n'aboutissaient jamais à rien, sa fragilité refit surface et elle décida de prendre des congés. Cette décision contribua à la détendre, pourtant, la nuit qui suivit, Hélène se réveilla en sursaut alertée par une pensée alarmante : Quidam !?... Qu'était devenu Quidam ?

Dès l'aube, elle appela Antoine pour lui demander d'aller nourrir le chat et projeta de partir le chercher au plus vite. En réfléchissant à la façon dont elle pourrait assurer le transfert du félin, elle se souvint d'avoir vu la dame du rez-de-chaussée transporter un chat dans une cage à cet effet. C'est en rencontrant cette femme pour la lui emprunter, que l'ironie du sort voulu qu'Hélène trouve un nouvel appartement. Cette personne était en train de libérer le logement dont elle était propriétaire. Hélène saisit au vol cette opportunité qui s'offrait comme un cadeau du ciel. Puis, en son for intérieur, elle remercia Quidam d'exister.

*

Hélène avait traversé le village de Richerenches et s'était engagée sur la petite route de campagne vers Colonzelle. Devant elle, une fourgonnette mit son clignotant et tourna au niveau des deux bornes en pierre couvertes de lichen qui marquaient l'entrée de la propriété de Margot. Le véhicule s'engagea jusqu'au bout du sentier bordé de buis et alla se garer sur l'esplanade aérée qui servait de parking. Hélène suivit le véhicule en se demandant à qui elle avait affaire.

Le climat de désolation qui se dégageait de la propriété lui sauta tout de suite aux yeux. Les sangliers avaient ravagé le terrain et l'impression de se garer aux abords de tranchées sur un champ de bataille l'attrista.

Un homme au visage rougeaud et un grand gaillard plus jeune descendirent du fourgon. Des aboiements frénétiques retentirent bruyamment et les deux hommes s'avancèrent d'un pas décidé vers Hélène.

— Bonjour, dit le plus âgé des hommes, je fais office de garde champêtre. Une battue aux sangliers vient d'être organisée avec l'accord des autorités locales. Nous avons besoin de prendre des repères sur votre terrain car nous savons qu'ils se concentrent ici la nuit.

Les chiens avaient déjà senti l'odeur du gibier et faisaient un raffut terrible à l'intérieur de la fourgonnette. Hélène songea à Quidam qui risquait de s'enfuir dans les bois, effrayé par les aboiements.

— Je viens chercher mon chat et j'ai peur que vos chiens le fassent fuir.

— On peut revenir dans une l'heure si vous voulez ?

— Oui, merci, je préfère.

Les feuilles mortes étaient amassées en tas disparates, la terre piétinée par les animaux sauvages s'était transformée en boue. La porte d'entrée de la maison commençait à être imbibée par l'eau qui croupissait au creux de la pierre de seuil. Hélène tourna la clef et pénétra dans la pénombre humide du logis où régnait une odeur de bois et de cendre froide. Avec un pincement au cœur, elle appela Quidam. Antoine lui avait signalé que le chat était resté dehors. Elle voulait pourtant lui faire savoir que la maison se réveillait ; elle ouvrit les volets et les fenêtres pour témoigner d'une présence. Un silence inquiétant noyait la campagne. Des croquettes, déposées dans une soucoupe à l'abri de la pluie sous la tonnelle, n'avaient pas été touchées. Hélène reconnut la boite ; il s'agissait d'une de celles dont elle avait fait la promotion désastreuse l'année précédente. Tant de choses s'étaient passées depuis ! Comme un film en accéléré, elle réalisa que les évènements de la vie semblaient s'être précipités à une vitesse vertigineuse.

Hélène quitta ses chaussures de ville et enfila des bottes en caoutchouc avant de partir marcher dans la nature sans direction précise. Le terrain humide ressemblait à un labour récent et des branches d'arbres cassées jonchaient le sol. Les sangliers aimaient à se regrouper dans le vallon de Margot qui leur permettait un accès direct au ruisseau. Ils avaient retourné le terrain de fond en comble, Hélène ne reconnaissait plus le décor familier. Ses pas l'amenèrent vers les ruines situées à droite de la serre. Les murets des anciennes fondations étaient dénudés, la boue s'étendait comme une houle figée autour du figuier tortueux et le sol formait par endroit des ravines bourbeuses. Attentive, Hélène appelait le chat avant d'écouter religieusement le silence. Au bout d'un moment, il lui sembla percevoir un faible miaulement amplifié par le calme qui noyait la campagne ; Quidam se cachait sous le figuier. Elle aurait du y penser plus tôt ! C'était son endroit de retraite favori. N'hésitant pas à patauger dans la boue, elle se dirigea vers l'arbre, sauta sur un coin du terrain couvert de feuilles mortes et s'accroupit pour en fouiller les recoins. Amaigri, le poil terne, Quidam quitta son repère et accourut vers elle. Le saisissant alors, elle se laissa tomber assise sur le feuillage humide. Quidam se mit à ronronner comme une turbine en se blottissant dans ses bras. Rassurée, Hélène retrouva tout de suite un visage serein, respira à plein poumon et prit le temps de se reposer un instant. Les chasseurs allaient revenir avec les chiens de chasse et elle devait être partie avec Quidam avant leur retour. Il lui restait vingt minutes de répit.

La nature sauvage environnante avait repris ses droits. Les plantations de Margot n'étaient plus reconnaissables. Elle chercha du regard un jeune pêcher de vigne qu'elles avaient, un jour d'automne, planté ensemble, non loin de là. Il avait disparu. L'emplacement était dévasté et laissait supposer sa perte irrémédiable. Les yeux d'Hélène fouillèrent machinalement la terre grasse et collante à la recherche du reste de l'arbuste. Ses yeux s'arrêtèrent alors sur une chose insolite que son cerveau refusa d'identifier. Mais bientôt, elle se rendit à l'évidence ; le squelette d'une main humaine dépassait de la boue.

L'espace d'un instant, une confusion déstabilisante ne lui permit pas de réaliser pleinement ce qui se trouvait devant elle. Ce n'est que peu à peu qu'elle comprit, horrifiée, que les restes du curé disparu se trouvaient sous ses yeux. Elle se leva alors d'un bond et partit en courant rejoindre sa voiture. Poussant Quidam dans la cage, elle claqua la portière et partit refermer la maison. Saisie par un désir de fuite incontrôlable, elle enleva les bottes, referma les volets et donna deux tours de clef à la serrure de la porte. En démarrant, une pensée alarmante vit le jour dans son esprit ; les chasseurs allaient arriver d'un moment à l'autre et les chiens risquaient de découvrir la main du squelette... et de déterrer le reste... Elle aurait des comptes à rendre... Et Margot aussi... Ce n'était pas le moment de rajouter un problème aussi énorme aux complications qui se cumulaient déjà. Hélène fit alors un effort soutenu pour réfléchir de manière rationnelle; elle ne devait pas s'enfuir si vite. Elle avait peut-être encore le temps d'aller enfouir les os, de les dissimuler avant que quelqu'un d'autre ne les découvre. Elle coupa le contact, retourna vers le logis, enfila de nouveau les bottes puis alla chercher une bêche dans le garage. Elle courut en direction du figuier en mesurant l'urgence de la situation, et cela lui évita de se laisser davantage impressionner par le contexte macabre. Le plus important était d'agir vite en s'efforçant d'être à la hauteur de la tâche.

Un coup sec et la bêche s'enfonça facilement dans la terre, elle en souleva une pelletée mais, d'autres ossements apparurent. Affolée, elle réalisa vite, qu'au lieu d'enfouir le squelette elle était en train de le déterrer. Ne sachant plus comment faire, elle partit spontanément jusqu'au garage à la recherche d'un sac en toile de jute, ramassa au vol des gants de jardinage qui traînaient et retourna vers le bourbier. Le temps passait, les chasseurs risquaient d'arriver d'un moment à l'autre, la peur de se faire surprendre en train de déterrer un mort la fit redoubler de panique. Elle ramassa méthodiquement les ossements désarticulés en essayant de compléter le puzzle. Quelques coups de bêches exhumèrent la tête et le reste des os. Il manquait pourtant un fémur qu'elle ne parvint pas à retrouver. Elle traîna alors le sac jusqu'à la maison et alla le cacher dans le placard à balais. Tout était calme, la fourgonnette des chasseurs n'était toujours pas arrivée, il lui restait un peu de temps pour chercher la pièce manquante. Elle inspecta les alentours du bourbier et, c'est à l'endroit même où elle était assise un moment plus tôt avec Quidam, qu'elle trouva le fémur. Elle le saisit dans une main comme s'il s'agissait d'un vulgaire morceau de bois et rentra au logis précipitamment. Une fois arrivée devant la maison, Hélène resta figée : le garde champêtre et son adjoint étaient postés en haut des marches du jardin. Ils la regardaient avec insistance avec des airs ahuris. Décomposée, elle glissa en tremblant son bras derrière le dos et se croyant démasquée, resta silencieuse et penaude prête à pleurer.

— Qu'est-ce qui vous est arrivé ? Vous êtes tombée la tête la première dans une flaque de boue ? lui demanda le plus âgé des hommes.

C'est alors qu'Hélène réalisa que c'était l'état de ses vêtements souillés qui semblait choquer les deux hommes.

— Oui… C'est ça, je suis tombée, dit-elle en se dirigeant vers la porte d'entrée en marchant de biais avec le bras dans le dos.

Une fois à l'intérieur, Hélène lança le fémur sous le buffet et referma la maison. Elle activa la pompe à eau extérieure et se rinça les mains avant d'aller à la rencontre des chasseurs. Les hommes s'étaient avancés sur le terrain et inspectaient les dégâts. Hélène justifia l'état de souillure de ses habits en invoquant sa difficulté à récupérer le chat et son ardeur à vouloir déraciner un arbuste qu'elle désirait emmener. Préoccupés par l'organisation de la battue, les deux hommes n'y prêtèrent pas attention, elle leur dit au revoir sans insister.

Encore vibrante de stress, elle s'installa au volant et démarra lentement. Inquiet, Quidam était tapi au fond de la cage sur le siège arrière et écoutait les aboiements des chiens. Hélène revisita mentalement tous les aspects de la stratégie de camouflage qu'elle venait d'improviser. Elle prit le temps en roulant de réfléchir à la façon dont elle allait s'y prendre pour la suite des opérations. Elle projeta de revenir terminer le travail un autre jour, peut-être au printemps, car plus rien ne pressait désormais. Elle était la seule à avoir la clef de la maison.

Le poids du fardeau que le Moine et la tante Margot lui avaient laissé en héritage commençait à peser sur ses épaules. Elle se sentait concernée malgré elle et essayait de réparer les conséquences fâcheuses d'une histoire qui ne lui appartenait pas. Comme si une culpabilité latente faisait partie de son être et l'incitait à vouloir effacer les erreurs du passé. Un sentiment de fierté l'envahit pourtant ; encore une fois, grâce à Quidam, elle estimait s'être trouvée au bon endroit au bon moment. Elle avait réussi à éviter la découverte par les chasseurs, d'un indice flagrant qui aurait détérioré la réputation de sa tante à tout jamais. Elle garderait ce secret pour elle.

XII

Quelques mois plus tard, Margot habitait avec Hélène dans son nouvel appartement situé au rez-de-chaussée du même immeuble de la rue des Roitelets. Assistée dans ses déplacements, du lit au fauteuil et du fauteuil au lit, Margot grabataire, était devenue un petit être fragile au corps brisé. Son cerveau était pourtant lucide et sa mémoire s'exerçait quotidiennement à revisiter le passé de son existence. Son présent consistait à regarder picorer les tourterelles entres les gravillons blancs du jardinet. L'air du temps lui était révélé par la branche d'un platane qui dépassait de la rue et qui recouvrait un coin de la cour. En fonction de l'aspect et de la coloration des feuilles de l'arbre, elle interprétait des nouvelles du monde.

Un soir, où la fraîcheur du mois de mars était douce, Margot refusa de rentrer se mettre au chaud. Hélène l'aida alors à enfiler un vêtement et la recouvrit d'une couverture en laine. Margot regardait le ciel avec les yeux grands ouverts comme si c'était la première fois de sa vie qu'elle le voyait.

— Tante Margot, il faudrait que tu rentres, il fait encore trop frais pour rester dehors.

— Non, viens Hélène, assieds-toi près de moi et prends ma main. Regarde le ciel, c'est l'équinoxe de printemps et la lune est pleine, c'est un passage qui s'annonce. C'est le moment. Souviens-toi … Il faut que tu saches que ce fut un accident.

— De quoi parles-tu ?

— Du curé de la Drôme. Il a provoqué sa mort lui-même, sans avoir eu le temps de le comprendre. Il m'avait confisqué mon couteau de cueillette, et j'étais allée chez lui le réclamer. Mais il m'a agressée comme un fou. Je me suis seulement protégée avec mon bras, quand il a brandi la lame de l'*opinel* sur mon visage, et elle a été renvoyée comme un éclair en direction de sa gorge. Cet accident a été provoqué par sa propre violence qui s'est retournée contre lui. Quand j'ai vu du sang gicler de son artère, j'ai essayé d'enrailler l'hémorragie avec mon fichu mais il s'est débattu comme un forcené en se vidant de son sang. Quand il est tombé sur le sol, c'était trop tard. Ce n'est pas moi qui l'ai tué, il s'est tué tout seul… mais avec mon couteau. Alors, c'est devenu compliqué… J'ai attendu la nuit, nous étions en mars, il avait beaucoup plu et la terre était meuble. J'ai traîné son corps dans ma vieille auto et je l'ai emmené chez moi. Personne ne m'aurait crue si j'avais raconté la vérité. Un jour, tu trouveras peut-être ses restes à droite de la serre, près du figuier, celui qui pousse entre les ruines des fondations de l'ancienne demeure d'*Hugues de Bourbouton*, le Commandeur des Templiers. J'ai compris plus tard que le prêche du curé était d'imposer la peur de la mort, ça lui permettait de faire respecter son dieu et d'imposer sa loi. Il s'appuyait sur une liturgie qui datait du Moyen Âge. Je représentais un danger pour lui. Celui de voir naître une nouvelle et destructrice aspiration : « *celle qui détruit la mort à travers l'affranchissement de la peur* »[44] ; un processus alchimique, qui forme, réforme et transforme l'âme, afin qu'elle devienne libre de tout. L'ancien moine, celui qui n'avait pas de nom, m'a enseigné pendant une moitié de vie, et je n'ai retenu que ce que ma conscience fut capable d'intégrer. J'emmènerai pourtant avec moi une infime partie de cette connaissance gnostique qui me dépasse. Je veux que tu saches que j'ai agi seule dans la disparition du corps du curé et que je ne l'ai pas tué. Il s'est tué tout seul ! C'est la vérité. Une mort brutale et sans gloire, à son image. « *Ego te absolvo*[45] »… Celui qui n'avait pas de nom, lui, il s'est libéré tout seul… *Convencia*…

— Que dis-tu ?

— Un vieux mot occitan qui signifie « l'art de vivre ensemble ». Un art qui nous vient des Cathares et des

---

[44] Umberto Eco (2012), *Le nom de la rose*, Grasset, Paris.
[45] *Ego te absolvo* : formule sacrée, latin, du pardon de Dieu pour les pêchés et les fautes accomplies.

troubadours. Dans ces communautés, les enseignements universels du Coran, de la Kabbale et de la Gnose étaient reconnus comme l'unique et même fruit d'un lien intérieur avec la source d'une pure connaissance... Si l'homme veut vaincre la mort, ne crois-tu pas que c'est parce qu'en lui-même il se sait immortel ? Je crois maintenant que cette quête ne trouve son sens que par l'éveil de l'être intérieur qui en est la cause. Veux-tu bien aller me chercher un verre d'eau, s'il te plait ma fille ?

Hélène se leva, émue comme si un voile venait d'être levé tout au fond de son âme. Elle ramena un verre d'eau à Margot qui regardait toujours en l'air avec les yeux grand ouverts, mais en cet instant précis, ses bras glissèrent du fauteuil pour pendre dans le vide, et elle quitta son corps par cette soirée de mars, le regard noyé dans le ciel nocturne étoilé de l'équinoxe de printemps.

*

La mort de Margot marqua une étape décisive dans la vie d'Hélène. Une nouvelle force issue de ses lectures la nourrissait abondamment mais ne lui épargnait rien ; une conscience élargie était née et continuait à briser sa personnalité sans ménagement. Depuis la mini tornade qui, sur la route de l'Enclave des Papes, lui avait fait « perdre le nord » à l'automne, elle avait l'impression d'être toujours dans le vortex d'une spirale. Comme si le moine en quittant sa vie terrestre lui avait lancé une cabale avant de partir.

Hélène décida un après-midi de printemps, d'aller mettre de l'ordre dans la maison de Margot. Elle n'y était plus retournée depuis sa découverte macabre. La vérité sur l'histoire du curé l'avait apaisée et elle se sentait reconnaissante envers sa tante de lui avoir parlé avant de mourir.

Le ciel était dégagé, le soleil réchauffait l'habitacle de l'auto. Elle baissa la vitre, un air vif s'engouffra dans la voiture ; un léger mistral s'était levé en cet après-midi printanier. Elle ne voulait pas s'attarder dans la Drôme, le temps d'aller placer le sac entreposé dans le placard à balais en lieu sûr. Et l'affaire serait ainsi classée. Elle avait l'intention de revenir plus tard dans la saison pour faire un état des lieux afin d'organiser un nettoyage du terrain. Antoine pouvait encore l'aider à bricoler et s'il le fallait, elle embaucherait un jardinier. Hélène se sentit responsable de la propriété et des terres comme si un flambeau lui avait été transmis.

Quand elle ouvrit la maison, une odeur d'humidité froide la saisit. Elle laissa la porte d'entrée grande ouverte pour que l'air circule à l'intérieur et alla ouvrir la porte de la cave en actionnant l'interrupteur. Son regard balaya la pièce basse et le souvenir de Margot la remplit de nostalgie. Il lui semblait encore entendre le cliquetis des bocaux se heurter et une odeur de verveine effleura ses sens. Elle descendit prudemment les marches et se dirigea vers la porte chanfreinée du souterrain. Elle était fermée depuis si longtemps que l'humidité l'avait fait gonfler et Hélène eut du mal à l'ouvrir. À force d'insistance, la porte céda enfin. Hélène la laissa béante et une pâle clarté envahit la pénombre. Avec un pincement au cœur, elle entra dans le logis du moine. Les vitres sales laissaient deviner le petit jardin rempli de feuilles mortes. Les chrysanthèmes pointaient leurs tiges desséchées vers le ciel et les plantes aromatiques avaient rendus l'âme. Hélène sortit en s'avançant vers la croix de bois qui semblait tenir tête au décor décrépi. Saisissant les tiges fanées des plantes, elle tira dessus sans difficulté pour les déraciner. Après un état des lieux rapide, elle s'empressa d'aller chercher la bêche dans le garage.

Hélène n'eut aucun mal à creuser au pied de la croix ; la terre était souple. Elle remonta à l'étage prendre le sac en toile de jute dans le placard à balais et alla le déposer au fond du trou. Elle commençait à reboucher quand, le souvenir du fémur camouflé précipitamment sous le buffet lui revint en mémoire. Reposant alors son outil, elle partit le chercher.

Dehors le vent avait forci, le froid était vif, la journée s'étirait vers le crépuscule en assombrissant la campagne. Il lui fallait se hâter de terminer sa tâche. Avec l'aide d'un manche à balais, elle réussit à récupérer l'os volumineux et alla le placer dans la terre à côté du sac. Les restes du corps étaient enfin regroupés, Hélène était satisfaite d'avoir redonné au curé un semblant d'intégrité et une tombe décente. Elle combla le trou et termina le travail en posant les plants secs des chrysanthèmes sur la terre fraichement tassée. Quand soudain, un claquement sec et assourdissant la fit sursauter. Les vitres avaient vibré sous l'effet d'une secousse. Cherchant l'origine du vacarme, Hélène constata que la porte s'était violemment refermée sous l'effet d'un courant d'air et, qu'engoncée dans son encadrement rustique, elle s'était fermement bloquée. Après un acharnement épuisant pour essayer d'ouvrir, Hélène affolée, comprit qu'elle ne pouvait plus ressortir du souterrain.

Désemparée, saisie par une nouvelle angoisse, elle alla s'assoir sur la chaise du moine comme pour se rassurer. Se sentant prise au piège de son obstination à vouloir réparer le passé, elle regarda le soir tomber avec une anxiété croissante. L'ampoule électrique était grillée, l'obscurité commençait peu à peu à envahir les lieux. L'endroit familier lui parut soudain lugubre, effrayant ; le mistral s'était déchaîné et hurlait dans les toitures.

Redoublant d'efforts pour essayer d'ouvrir la porte, il lui fut impossible d'y arriver ; elle se trouvait emmurée en compagnie du cadavre d'un curé fou et celui d'un moine illuminé.

Cherchant une lampe, elle ne trouva qu'une boite d'allumettes humides. Le bout rouge d'un bâtonnet craqua et se transforma en poudre inerte. Hélène vida la boite sur la table en espérant qu'une tige sèche puisse s'enflammer. Elle mit des brindilles dans l'âtre avec l'espoir de pouvoir se chauffer. Un froid pénétrant se faisait sentir, aucun vêtement n'était à sa portée.

Comme un espoir incertain et fragile, une étincelle jaillit d'une allumette. Quelques feuilles poussiéreuses de laurier sauce s'enflammèrent et la branche du feuillage crépita en dégageant un parfum rassurant. Du petit bois alimenta les flammes et donna vie à un foyer naissant. Hélène s'assit alors près de l'âtre et regarda le feu. Son esprit las, mesura l'ampleur de l'épouvantable impuissance qui surgit lorsque plus rien n'est possible et que le monde semble s'écrouler sur lui-même. Anéantie par tant d'absurdité, elle s'assoupit près de la flamme et s'endormit, bientôt cernée par des visions sorties du passé moyenâgeux qui l'emmurait. Se mêlèrent alors des images confuses, de Templiers et de Papes... L'inquisition, la révolution, l'esclavage, les guerres de religions... Un défilé de violence qui glissait sur un ruban pourpre où rien n'échappait à une tragédie sans fin. La mémoire des pierres semblait couler des murs en déroulant le long ruban de l'Histoire qui virevoltait pour revenir sur lui-même comme un serpent qui se mord la queue.

Hélène se réveilla en sursaut, elle avait froid. Le feu avait faibli, il lui fallait le nourrir, comme tout en ce

monde se nourrit de tout, pensa-t-elle spontanément...
Un nouveau questionnement la guettait comme une revendication ; à quoi cela lui avait-il servi de s'enfermer
dans une recherche hermétique ? Elle se retrouvait pri-
sonnière d'un passé qui ne lui appartenait pas !... Mais
aussitôt, elle comprit que la réponse était dans sa question. Elle prit alors conscience de sa condition ; tout, y
compris le passé, faisait partie d'elle-même. De sa famille à sa culture, jusqu'aux origines de l'humanité...
Elle était l'héritière. Le monde lui apparut alors comme
une prison gigantesque où se reproduisait éternellement
un cycle infernal et ininterrompu. Les humanités archaïques successives étaient toujours inscrites dans la
mémoire de ce monde et continuaient à le diriger en dif-
fusant illusions et toxicité comme un opium illicite.

Au milieu de ce chaos pourtant, elle savait désormais, qu'un atome étranger rayonnait, comme enfouie au
cœur d'un microcosme. Il s'agissait de l'atome qu'avait
cultivé le moine dans son jardin secret. Les paroles du
vieillard lui revinrent alors en mémoire : « *Il faut trouver
la porte pour s'échapper de cette contrée. Elle est en soi.
Une recherche qui s'apparente à un chantier titanesque.
Mais d'autres, avant nous, y sont parvenus et ils ont laissés leurs traces...* »

Hélène leva alors les yeux vers l'emplacement de
l'ancienne bibliothèque où les étagères vides se laissaient
à peine deviner dans la lueur mouvante des flammes. Elle

réalisa qu'elle avait lu presque tous les livres, mis à part les deux derniers ouvrages, restés longtemps au fond du dernier carton. Elle avait renoncé à poursuivre ses lectures effrénées au moment même où elle avait atteint ces deux derniers tomes. Le traité de Paracelse semblait lui avoir infusé un savoir sans qu'elle eut recours à l'outil de son mental. Quant au dernier, elle ne l'avait encore jamais ouvert.

Sa recherche, incitée par un appel intérieur, l'avait entraînée vers une quête qui aspirait à une libération plus forte que tout. Elle réalisa que quelque chose en elle, savait. Mais avait perdu ce savoir en chemin. Malgré son espérance, la vie lui était devenue insoutenable ; trop fade et sans intérêt, ou trop violente. Dans l'impossibilité de faire marche arrière, cette quête peuplée de questionnements sans fin, laissait émerger le flot incessant de ses travers et de ses contradictions, poursuivant ainsi subtilement un processus de déconstruction. Elle se cognait à des murs invisibles comme si le monde entier se trouvait prisonnier en elle, agonisant derrière les grilles des barreaux d'un cachot incommensurable. L'histoire de l'humanité toute entière semblait être inscrite dans son sang depuis l'aube des temps. Et elle n'en voulait plus !...

Chaque brisement de sa personnalité avait cédé une part de ce passé révolu et archaïque à une nouvelle révolution intérieure qui la dépouillait toujours un peu plus d'elle-même. Jusqu'à ce moment précis où, touchant le fond, un danger terrible la guettait ; sa nature humaine pouvait basculer d'un instant à l'autre vers la folie ou la mort. Alors, une lassitude incommensurable l'envahit. Et elle découvrit, l'Acceptation.

Des siècles de culture n'avaient jamais pu élucider le mystère de la vie, ni lever le voile de la Nature. Son ego battait en retraite, sa volonté cédait devant l'insurmontable. Cette acceptation d'elle-même et du monde tel qu'il est, la sépara définitivement des deux. Le « *Solve et coagula* » « séparer et réunifier » revint la visiter pour lui révéler un nouvel état d'être.

Le processus de déconstruction avait donné naissance à un nouvel édifice : « Le Monde en elle » et celui qui contenait l'aspiration volontaire à rechercher un flambeau identitaire idéal parvint enfin à se taire. Les outils de sa personnalité étaient devenus obsolètes pour servir cette aspiration revendicatrice devenue presque tyrannique. Alors que là, tout près, sommeillait « le Monde en elle », l'Autre. Celui qui contenait l'atome qui « n'est pas de ce monde », et qui attendait une réponse radiante à son appel silencieux, pour pouvoir s'éveiller.

Cette nuit-là, Hélène se « retourna ». Elle comprit qu'elle devait renoncer à elle-même, faire taire sa volonté et son ego et se mettre au service du « nouveau » qui demandait à naître en l'accueillant en reddition totale. Et, quand la vacuité de son être fut à même de recevoir une parcelle infime de ce nouveau rayonnement, elle veilla sur lui comme sur le foyer fragile et vulnérable qu'elle essayait d'entretenir depuis le début de la nuit pour ne pas mourir de froid.

Quelque chose en elle, mourut cette nuit-là, et ainsi, elle entrevit « la réunification ». Le commencement d'un long chemin spirituel libérateur s'annonçait : elle venait de comprendre que si « *l'homme terrestre est un Dieu mortel, le Dieu céleste est un homme immortel* »[46].

Hélène regarda sa peur en face et elle n'était pas ce qu'elle craignait qu'elle fut. Elle était juste une forme gonflée, une robe noire couverte de brume sans substance réelle, et qui se recroquevilla comme un pauvre reste d'ignorance. Hélène la mit alors dans la coupe de son cœur et la sacrifia au Grand Espace qui transforme tout.

L'aube se leva sur un nouveau jour. Détachée et à la fois portée par une puissance inconnue, Hélène se dirigea vers la sortie. Le mistral avait asséché l'humidité ambiante et la porte du souterrain s'ouvrit.

*

Quelque chose dans le monde invisible où se trament nos vies, avait décidé cette nuit-là, de préparer Hélène à un nouveau deuil. Une odeur de lavande flotta dans l'appartement du rez-de-chaussée de la rue des Roitelets.

---

[46] Yan Van Ricjckenborgh, maître gnostique hollandais.

L'état de santé de Quidam avait empiré, il ne s'alimentait plus et restait prostré des journées entières. Hélène veillait sur lui et attendait. Elle voulait le garder près d'elle le plus longtemps possible avant de l'accompagner vers la piqure fatale du vétérinaire. Il ne montrait aucun signe de souffrance. Enroulé sur lui-même dans un couffin ouaté, il reposait paisible et n'étendait son cou décharné que pour laper fébrilement quelques gouttes dans une coupelle d'eau. Sa maigreur laissait présager sa fin toute proche. Quidam était le dernier élément de la trilogie familiale que s'était improvisée Hélène. Il avait participé à sa façon à la guider et, c'était lui, qui le premier l'avait conduite vers le souterrain initiateur de la rencontre déterminante qui avait orienté le cours de son existence.

Elle déplaça le chat dans son couffin pour le poser sur la table du séjour afin d'être à sa portée. Elle essaya de lui faire avaler quelques gouttes d'un médicament mais y renonça vite, Quidam était au bout de sa vie de chat. Le cœur gros, impuissante, Hélène se retira dans sa chambre et laissa arriver naturellement l'échéance fatale.

Le lendemain au réveil, sa première pensée alla vers lui. La gorge serrée, elle s'approcha lentement de la boule de poils ternes qui reposait immobile sur la table et posa une main sur son échine noueuse : Quidam était froid. Dans la peine qui l'étreignit soudain devant l'évidence, elle secoua le corps inerte, comme pour lui transmettre un dernier sursaut de vie. Elle l'avait cru mort… Mais, titubant, le chat releva sa tête branlante et se tourna vers elle. Ses yeux verts immenses reflétaient un éclat lumineux comme jamais auparavant. Dans un face à face bouleversant, Quidam fixa intensément Hélène. Une lumière indicible qui semblait inextinguible brillait dans son regard, une lumière qui parlait de la vie et de la mort en une réunification créatrice, une lumière qui venait la chercher et qui semblait dire : « sois fidèle à l'appel ».

Vacillant, le chat fit alors quelques pas en avant, s'agrippa au vêtement d'Hélène et vint se blottir contre elle, quelques instants seulement, avant d'émettre un son rauque, suivi d'un râle court.

Elle le garda dans ses bras un moment, avant de le reposer sans vie dans le couffin.

Bouleversée par l'intensité de ce dernier regard, Hélène erra en long et en large dans la pièce. Ses yeux larmoyants se posèrent alors sur le dernier des livres… Et comme si une porte invisible s'ouvrait et l'invitait à entrer, elle prit le livre entre les mains et le feuilleta pour la première fois. Toutes les pages étaient blanches…

Alors, sans savoir pourquoi, elle écrivit un mot en grosses lettres sur la première page : QUIDAM.

Et elle choisit d'y écrire sa propre histoire.